最難関ダンジョンをクリアした成功報酬は勇者パーティーの裏切りでした

新緑あらた
Shinryoku Arata

主な登場人物
セーレア
冒険者ギルド監査役
だという青魔道士。
おっちょこちょいに見えて、
何か秘密を抱えている。
フウマ・ヨンダイメ
勇者パーティーをクビにされた黒髪黒眼の少年。
最弱職・盗賊かと思いきや、
実は魔境にある隠れ里出身の超実力者。
オウバァ
一人旅を続ける
ダークエルフの少女。
「神出鬼没」という称号に
ふさわしい
能力と性格を持つ。
リノ
二本の短い角が生えた
魔族の少女。
S級冒険者達に追われて
いたところを
フウマに助けられる。

エリーゼ
勇者パーティーの癒し手。
家柄に恵まれた美女だが、
かなり腹黒い。
フェルノ
勇者パーティーの赤魔道士。
火の魔法の天才ながら、
頭はお粗末。
アレクサンダー
伝説の英雄の剣を持つ
イケメンの勇者。
性格は傲慢で強欲。

プロローグ

「もうお前はいらん」

最難関とされるS級ダンジョン最深部の隠し部屋で、キラキラ輝く金銀財宝を前にした勇者アレクサンダーに、俺——フウマ・ヨンダイメはいきなり解雇《かいこ》宣言を突きつけられた。

「…………は？」

両手が今まさに財宝に触れようとした瞬間。数多《あまた》の苦労が報われるダンジョン攻略の最高のシーン。あと数センチで大金貨《だいきんか》に触れられる手を止めた俺は、呆《ほう》けたように口を半開きにしたまま振り向いた。

——わけがわからない。

パーティーの仲間であるはずの三人が、まるで野卑《やひ》なゴブリンを見るような視線を送ってくる。

勇者の右隣にいた美女が口を開いた。

「私《わたくし》たち栄《は》えある勇者パーティーから、マヌケ面《づら》をした貴方を即刻追放すると言ってるのよ。だから盗賊の薄汚い手で、私たち三人の財宝に触れないでくださいますか？」

きつい言葉を投げかけてきた女は、ボンキュッボンの肢体《したい》と緩やかなウェーブのかかった長い青髪という母性的なルックスをしている。パーティーの癒《いや》し担当のエリーゼだ。

「キャハハハッ！　まったくその通りよねっ！　その通りよねっ！」

〈火の小神《しょうしん》〉の加護を持ち、その影響で髪と瞳《ひとみ》が赤いツインテールの女がバカ笑いする。すらりとした脚線美が、赤魔道士のローブの深いスリットから覗《のぞ》いている。パーティーの攻撃魔法担当のフェルノだ。

「俺様ほど強くないのは仕方ない。俺様は勇者だからな。だが貴様はなんの取《と》り柄《え》もない。エリーゼのように癒しの力を使うこともできず、フェルノのように神の加護を授かっていて強力な魔法を操れるわけでもない。貴様はせいぜい先頭を歩いて罠を解除する程度の能しかない。——だからクビだ。即刻この場から立ち去れ」

「立ち去れぇっ！　立ち去れぇっ！」

勇者の左隣に立つフェルノが笑いながら囃《はや》し立ててくる。

「……さっさといなくなればいいのに……」

ボソッと毒を吐いたエリーゼは、まるで穢《けが》らわしいというかのように、俺から視線をそらした。

「……じゃ、じゃぁ分け前を……——」

——ビシッ、と。

勇者の振るった伝説の英雄の剣が、財宝に手を伸ばした俺の手の甲を思いきり叩いた。

「刃の部分で斬りつけなかったのはせめてもの情けだ。このS級ダンジョン探索で荷物持ち程度には役立ったからな」

勇者アレクサンダーが、右隣にいるエリーゼのたわわな胸を揉みしだき、左隣にいるフェルノのなめらかな太腿《ふともも》を撫《な》でまわし始めた。

いきなりそんな真似をし始めたのに、女たちは拒否するどころか、勇者の顎に手を添えたり厚い胸板をさわったりしている。

アウトオブ眼中。

まさにこっちのことなど見ていなかった。ダンジョンの床に転がる石ころ程度にしか思われていないのだろう。解雇の説明も先ほどのものですべてらしい。あんな一方的で、理不尽な言い分だけで。

（あぁ………………）

俺は気づいた。

気づいてしまった。

こいつらにとって、この流れが予定通りだったことに。

（最高難易度のダンジョンで、一生ゴージャスに遊んで暮らせるほどの財宝を手に入れたら、俺を切り捨てる――そういう予定だったんだ……）

「おぉ、そうだ！　そうだ！」

エリーゼの唇《くちびる》から自分の唇を離した勇者は、

「貴様にも報酬をやらなくてはな。ダンジョン攻略に協力した対価を、な」

――俺の足元に、薄汚れた賤小《せんしょう》銅貨一枚を投げ捨てた。

これが貴様の価値だ。そう言いたいのだろう。

ダンジョン攻略で使用した〈盗賊の七《なな》つ道具《どうぐ》〉の消耗品の一つどころか、硬くて不味《まず》い鼠色《ねずみ》パン一個も買えるかどうか怪しい端金《はしたがね》だ。

対して、奴らが自分たちの取り分だと主張する、小さな山のような大金貨は、一枚だけでも平民の大家族が一年遊んで暮らせるほどの価値がある。

のろのろと賤小銅貨を拾った俺は、水っぽいキスの音から逃れるようにダンジョン最深部から遠ざかった。

暗いダンジョンの細い通路が、まるで自分の心境を表しているかのようだった。

ショックを受け過ぎて、まったく反論が浮かばなかった。

俺は無能の証《あかし》とされる、黒髪黒眼をしている。あらゆる神の加護を拒絶しているとされる闇《やみ》の色。

変わった言動を繰り返したという話が伝わる曾祖父《そうそふ》から隔世遺伝で受け継いだ姿だった。

美しいフェルノとエリーゼも、勇者であるアレクサンダーも、俺のこの姿を笑わなかった。それどころかパーティーに加えてさえくれたのだ。

――初めて仲間ができた！

そう思っていたが……。

「やんっ！　アレクってばやらしい！」

「フェル。服をはだけるのは後にしなさい。あの卑《いや》しい盗賊が陰からこっちを覗き見してるかもしれないわよ？」

「ガハハハ！　追加報酬代わりに、エリーの胸やフェルの尻を見せてやったらどうだ？　あの薄汚い黒髪の小僧は鼻血を出してぶっ倒れるかもな！」

あまりの台詞に、思わず賤小銅貨を握りしめる。

(ああ、そうかよ。『薄汚い黒髪』か。……なんだ、やっぱそう思ってたのか)

追い打ちをかけるかのように女たちの声も聞こえてきた。

「あの陰鬱《いんうつ》そうな黒い瞳、気持ち悪いったらありませんでしたわ」

「そうそう、キモすぎー」

第1章　出会いと別れ

1

「……これでよし、っと！」

熟練パーティーでも五日はかかる最難関ダンジョンの帰りを、半日足らずで単独踏破した俺は、最後にして最大のトラップを解除した。

さっき駆除したゴーレムのせいでちょっと埃《ほこり》っぽい。

出入口から差し込む太陽の光に目を細めながら、ため息を一つ。

「はぁ……意外と時間かかっちまったなぁ……。〈盗賊の七つ道具〉を使えば十分の一の時間で踏破できたんだが、さすがになんのアイテムも使わず、となると難しいもんだ。パーティーを追放されたし、村に帰ろうかな。追放されたことと併《あわ》せてこんな話をしたら、ジッチャンやアイリーンにしごかれそうだ」

消耗品は使えば無くなるし、それ以外のアイテムだって耐久力が減ったりする。だから使用は控えた。

「なんせ」

ピン、と。

勇者パーティーとしての最後の報酬である賤小銅貨を指先で弾く。

「実入りはコイツ一枚だけだからなぁ……」

ゴゴゴゴゴッ、と。

背後で硬く大きな物が崩れる盛大な物音が響く中、俺は宙を舞うコインを悠々と掴みとる。

振り返ると、最後のトラップと同時起動した、巨大ゴーレムの魔力核が崩壊するのが見えた。

魔力核はゴーレムを動かす動力源であり、通常は小石くらいの大きさなのに、今回のは通路を半ば塞《ふさ》ぐほどのバカデカさだった。そしてゴーレムもまた、その魔力核に相応するとんでもない大きさを誇ったのだ。

魔力が漏れた魔力核は、元の材質の岩や土くれに戻っていく。

「まさかこの広いダンジョンの一階まるまるがゴーレムだったたなんてな……」

しかも最後のトラップ——コイツも規格外。なんせその一階ゴーレムごと自爆という壮絶なものだったのだ。

もしわずかでもゴーレムに手こずれば、一階部分のダンジョンが崩壊し、それに巻き込まれていたことだろう。

「まぁ、デカいだけで大したことなかったけどな。さて、と……。――〈手刀《しゅとう》〉」

非戦闘職の盗賊である俺の、数少ない攻撃的なスキルを使用する。

あくまで攻撃的。

もともとは遥《はる》か格下の敵を気絶させるためのスキルで、その威力は、勇者や剣士など攻撃職なら誰でも習得できる〈斬撃《ざんげき》〉の百分の一しかない。

しかしスキルの威力は、使い手の攻撃力に比例する。

俺の手刀はゴーレムの魔力核の残骸を一刀両断。それで終わらず、さらに衝撃波を発生させ、邪魔な破片を通路の端にまで吹っ飛ばした。

ふぅ……。これで少しはさっぱりしたってもんだぜ。

「アフターケアも十分だな。ジッチャンも『盗賊の仕事はおうちに帰るまで』って言ってたしな」

まぁこのS級ダンジョンは街に近いし、送り届けるところまでケアしてやるつもりはない。

「……なんせ『薄汚い黒髪』の俺は、もう仲間でもなんでもないらしいからな」

ひどく苦々しい思いを抱きながら、ちょっと長い前髪を指先で弄《いじ》った。

ちょうどその時――。

キャアアアアアアアア！

幼い少女の甲高い悲鳴が響き渡った。

2

「悲鳴?」

悲鳴がした方角に向かって走り出す。

森を抜けた先に見えたのは、ボロを纏《まと》った幼い少女。フードがあるため顔はほとんど見えない。

だが、頬を濡《ぬ》らした痛々しい涙は見えた。

「——ヒャッハアー! 〈超々斬撃《ちょうちょうざんげき》〉ッ!!」

そんな少女を取り囲むうちの一人——屈強な剣士が、小さな頭にバスタードソードを振り下ろした。

剣士の最上位スキル〈超々斬撃〉。〈斬撃〉のおよそ四倍の攻撃力を誇る、S級冒険者クラスにしか使用できない技。

(チッ——! さすがに〈手刀〉では間に合わないか……!)

正確にいうなら、〈手刀〉でこの男を倒すのは容易。

だが、幼い少女まで衝撃波に巻き込んで致命傷を負わせかねない。

（ジッチャンに禁止されちゃいるが……アレをやるっきゃない――！）

故郷のシノビノサト村にいるジッチャンの苦々しい顔が一瞬浮かんだが、俺はシノビスキル〈変《か》わり身《み》の術〉を使う。

ザシュッ、と。

高速で振り下ろされた剣の刃が、小さな影を真っ二つに斬り裂く音が響き渡る。

「ヒャハハハハッ！　よし、コイツのツノを売っ払うぞ！」

「ちょっとぉ！　かなり見た目がよかったんだし、魔族を飼う変態貴族に奴隷として売りつけるつもりだったのにさぁ……」

「魔族は討滅すべきゴミクズですよ」

意気揚々と大剣を肩にかつぐ剣士に、赤魔道士と癒し手の女たちが口々に苦言を述べる。

「しゃーねぇーだろぉ？　このガキちょこまか逃げ回りやがるからよっ、俺様の奥義〈バーサーカー〉を使わざるを得なかったんだからよー」

「攻撃力が三倍に跳ね上がるってのは便利だけど、手加減が一切できないってのは不便よねぇ」

「いいじゃないですか！　ゴミである魔族など、呼吸させる大気さえもったいない！　真っ二つになっていい気味です」

奴らの前には、ボロごと頭から真っ二つに斬り裂かれ、草地を鮮血に染めた小さな亡骸《なきがら》が横たわっている——

——ように見えているみたいだった。

(どうやら上手くいったようだな……)

幼い少女を斬った手応えもあっただろうし、そう思い込んでも仕方ない。

「大丈夫か」

俺は、抱きしめた小柄な少女の安否を確認する。

見たところ外傷はない。

小さな肢体を軽く撫《な》でまわすが、ちゃんと手足もついている。

長い間入浴していない様子なのに、土埃や緑の匂いしかしない幼い少女は、キツくつぶっていた瞼《まぶた》を開けた。

俺の顔——特に黒髪——を見て、ビクッと震えたものの、最初に出た台詞《せりふ》は感謝の言葉だった。

「……あ……がとぅ……ござ……ぃます」

たどたどしい人語《じんご》。

「お前、魔族か？」

またもやビクッと震える幼い少女。

目を見開いた彼女がなにか答える前に、少し離れた場所にいるバーサーカーが叫んだ。

「な……なんだこりゃ!?」

「へっ……？　こ、この丸太はなんだい？　いったいどこから……!?」

「魔法!?　スキル!?　……でもS級冒険者である私《わたくし》も見たことがない技術だなんて……！　神代《じんだい》のマジックアイテムかなにかだとでもいうの……!?」

（おいおい、おおげさだな……）

確かに〈変わり身の術〉は、シノビの下位スキルの中でも習得難易度は上の方だ。

（……とはいえシノビノサト村の連中なら半数は使えるんだがな）

大騒ぎし出した三人組はたっぷり五秒は経ってから、俺の腕に抱かれる幼い少女に気づいた。ついでに俺という乱入者にも。

「……転移魔法？　まさか……」

赤魔道士の赤毛女に、青髪の癒し手が反論する。

「それこそ神代マジックアイテムの使用以上にあり得ませんわ！」

パーティーが混乱する中、目を血走らせたバーサーカー状態の剣士が、唾《つば》を飛ばしながら喚《わめ》いた。

「──ンなこたァーどーでもいいんだよッ！　ようはあの無能の証である薄汚い黒髪をしたガキもやりゃいいだけだッ！　神代マジックアイテムゲットだなんて最高じゃねぇか！　おおかた例の勇者パーティーの荷物持ちくんだろ？　S級ダンジョン帰りで、その金銀財宝の中に超レアなお宝があったんだろうぜ」

「なるほどねぇ。……てか荷物持ちじゃなくて盗賊じゃなかったかしら？　どうせすぐ死ぬガキのことだからどうでもいいけど……」

「超レアアイテムは魔族討伐の役に立たせてもらいましょう」

そうして、幼い少女を抱きしめた俺の目の前に、最高ランクのS級冒険者パーティーが悠々と立った瞬間、森のどこかから気の強そうな女の声がかかった。

「そこの暴漢四人！　たった一人の幼い少女を襲うなんて恥を知りなさい！　さぁ、不吉な黒髪の少年はさっさと彼女を掴んだ手を放しなさいっ！」

3

「だ――」

「誰だオメェはッ!?」

俺より先に叫んだのはバーサーカーの大男。

出鼻をくじかれ、口を半開きにした俺をよそに、緊迫感は増していく。

高い位置にある枝が揺れる。人影がかすかに見えた。

「トレントじゃないわね……ドライアドかしら……？　――まさか……エルフ？」

森を主戦場とする、恐るべき種族の名前を恐る恐る口にした癒し手の女は、声を大にした。

「エルフならお待ちなさい！　貴女たちのことは一応人間種として、私《わたくし》たち〈治癒神《ちゆしん》の御手《みて》教会〉は認めてあげているわ！　〈教会〉は貴女たちとの共存を目指しているのよ！」

葉の繁《しげ》みから現れたのは、着古された薄緑色のマントを身につけた、十四歳くらいに見える少女。

その若い容貌を見ても、S級冒険者たちは警戒をゆるめない。エルフ種は外見と年齢が一致しない種族なのだ。なにより冒険者の前に自分から姿を現したということが、街にいるエルフの女奴隷などとは比較にならないほどの戦闘能力の高さをうかがわせた。腰にさりげに下げた細剣《レイピア》も飾りではなさそうだった。

「相変わらず〈教会〉の方々は口がお上手ですね……。奴隷にすることを『共存』と言い張るだなんて。……まぁキレイなのは口だけ。手は血みどろでしょうけど」

薄緑色のマントには、おそらく盗賊の最上位スキル〈潜伏《せんぷく》〉と同じような効果があったのだろう。

マントを脱いだ瞬間、少女の輪郭《りんかく》が急にくっきりとしたような印象を受けた。

木漏《こも》れ日《び》に輝くおかっぱ頭の銀髪が、風にかすかに揺れる。そこから覗く耳は長い。

だが、エルフにはあり得ない褐色の肌。

本能に従った俺の視線は、端整な顔から胸へと移動する。

（コイツは――）

「――ダークエルフ……？」

胸部に目を向けたままの俺とバーサーカーの男の疑問の声が重なる。

小さい。

圧倒的に小さすぎる。

どこがとは言わないが……。

エルフとダークエルフの違いは、その肌の色と胸の大きさだ。エルフがすらりとしているのに対して、ダークエルフの方は豊満なはずだった。

「――――ッ！」

キッと、なぜか俺だけが睨みつけられる。

「私はダぁっ、クっ、エっ、ルっ、フっ、の、オゥバァよ！」

力んで種族名と名前を叫ぶオゥバァ。ハァハァと荒い息をついているのは、きっと気にしているからだろう。なにをとは言わないが……。

このチャンスを逃すと、弁明することもできず、暴漢の一味と勘違いされたまま戦うことになりそうだ。

俺はとりあえず、抱きしめたままだった幼い少女を放し、名乗る。

「俺はフウマ・ヨンダイメ。この幼い少女を助けようとした者だ」

切り揃えられた前髪の下から覗くオゥバァの視線は、鋭い。

なぜか知らないが好感度がやたらと低いらしい。

まったく信用するつもりはないわ、と目が語っている。

そんな一触即発の空気の中、幼い少女がたどたどしい人語で俺をかばってくれた。

「フ……ゥマ……ほんと……ぃう。……ぁたし……名……リノ。たすけ……ら……れた」

リノはずっと被っていたフードを外し、樹上のダークエルフにまっすぐ真摯《しんし》な視線を送った。

オゥバァとリノが見つめ合う。

「オイオイ！　俺様を無視すんなよなぁ！」

バーサーカーが大剣を俺とリノに突きつける。

「とっととこの魔族のガキとダークエルフを捕らえるぞ！　どうやらダークエルフはガキを守りたいらしい。ンなら楽勝だァ！　ガキを人質にとれば、俺たちS級冒険者パーティー様の実力なら負けるわけねえんだよッ！」

（人質を取って、多勢に無勢で襲いかかっておいて、実力もなにもないと思うが……）

俺はため息を一つ。

そしてリノを左手で抱き寄せて、右手をバーサーカーに向かって軽く振るう。

「〈手刀〉」

超手加減して放ったスキルの衝撃波は、いつもの烈風のごとき鋭さに比べれば、そよ風のような代物だった。

「〈硬岩壁《ストーン・ウォール》〉！」

「〈緑風陣《ウィンド・フィールド》〉！」

非常にゆっくりと放った使い慣れたスキルが、突如目の前に現れた石の壁に当たった。〈手刀〉によって生まれた衝撃波の方も強烈な突風によって減衰《げんすい》させられた。

茶魔道士も緑魔道士もいなかったにもかかわらず、土系統と風系統の魔法が発現した。

「なっ！」

俺は驚愕《きょうがく》した。

「ダァーッハッハッハッハァッ！　こすい真似しやがってよぉ。……弱いスキルを使用すると見せかけて、どうせ隠し持った強力なマジックアイテムを使用したんだろ？」

「けどソレもコレもみーんな無駄よぉ……ム！　ダァッ！」

「あらあら。びっくりした顔のまま無能な黒髪少年が凍りついちゃってますよ」

（なん……だと？）

俺は、たかが〈手刀〉を防ぐために、高価な短杖《ワンド》と希少な巻物《スクロール》を使用したことに驚いていた。

あまりの出来事に、大男の両隣にいる女たちの手元を二度見してしまう。

右隣の女の持つ、茶色い宝石のはまった短杖《ワンド》の輝きが半減した。左隣の女の持つ巻物《スクロール》は燃え尽きた。

まぎれもなく使用したのだ。

「この代金はしっかりとガキと女から強制徴収してやるからなァ！　テメエはそのゴミクズみたい

な命で支払えッ！」

俺は仕方なく、Ｓ級冒険者三人を迎え撃つことにした。手加減しながら。


十五分後。

全力攻撃を繰り返したＳ級冒険者全員が両膝をつき、大量の汗をぬぐう余裕もなく、絶え間なく荒い息を吐いていた。

周囲には、巻物《スクロール》の燃えカスと輝きを失った宝石のはまった短杖《ワンド》が散乱している。

（見ろよ……高価で希少なアイテムがまるでゴミのようだ）

俺は誰にともなく心の中で呟く。

目の焦点を失い、「赤字だ……大赤字だ……借金地獄だ……」とぶつぶつ呟き始めたＳ級冒険者パーティーから視線を外し、じっと樹上からこちらを見ていたダークエルフの少女に声をかけた。

「いつまでそこにいるつもりだ？」

オゥバァは返事もせず考え込んでいる。

「貴方……まさか〈中位職〉？　……〈上位職〉なんてことはないわよね……」

「ん？」

聞きなれない単語に首をかしげている俺に、突如ダークエルフのオゥバァは謎のスキルを使用してきた。

「〈ステータス表示《オープン》〉」

未知の情報探査系スキルを使用されたと直感した俺の体は、禁じられていたシノビスキルを瞬時に使用していた。

上位スキル〈影走り《かげばし》〉。

オゥバァの影に転移した俺は、背後から彼女の首筋に手刀《てがたな》を当てた。もしこれ以上不審な真似をするつもりなら、実力行使もやむなしだ。

「今何をした？」

これほどの緊張感を覚えたのは、村を出て以来初めてだった。

降参するように両手を上げたオゥバァは丁寧な口調で言った。

「待ってください。説明……するから」

警戒心は完全にはなくならない。だが風にサラサラと揺れる美しい銀髪が俺の手に触れているうちに、ちょっとずつ冷静になってきた。

「私は貴方のステータスを読み取ったの。一瞬だったから、〈最上位職〉という情報しか読み取れなかったけど」

俺の警戒心を理解しているためか、オゥバァはこっちを振り向かずに同じ姿勢のまま事情を説明し始めた。

「勇者のように特別な職業ということか？」

「貴方の言う勇者が、ただの勇者を指しているなら、貴方の方が遥かに特別ね」

「意味がわからない」

「ごめんなさい。私も掟《おきて》のせいですべてを話すことはできないの。……ただ〈最上位職〉である貴方なら……神々の血を引く貴方なら……おそらく〈ステータス表示《オープン》〉のスキルを使用できるはずよ」

「あいにく神様に知り合いはいないよ。鬼神のように厳しいジッチャンならいるけど」

「とりあえず、私に〈ステータス表示《オープン》〉を使ってみて」

こっちを振り向いたオウバァに、俺はダメもとで未知のスキル名を唱えてみた。

「〈ステータス表示《オープン》〉」

俺が唱えるのとほぼ同時に、彼女は胸元を腕で隠すようにした。

「悪いけど、情報の一部は秘匿《ひとく》させて……」

彼女の台詞が頭に入ってこない。

目の前には、半透明の小窓のようなものが出現していた。頭を動かすが、小窓は動かない。

小窓はオウバァの胸の辺りに出現していた。

そこには「名前：オウバァ・シュトゥリエ」だの「職業：〈上位職〉妖精細剣士《フェアリーフェンサー》」だのと表示されている。

他にもいろいろ項目があるようだが、表示がおかしなことになっていた。ところどころ、読み取れないほど文字が歪《ゆが》んでいる。おそらくこのスキルはよほど特別なもので、俺には完全に使いこなすことができないらしい。

「称号：神出鬼没《しんしゅつきぼつ》……？」

読むことはできても理解できない項目まである。

しばらくすると、小窓は消滅した。

「もう胸を隠さなくていいぞ？」

「隠したのはステータス画面で、胸じゃないわよバカ！」

顔をまっ赤《か》にしたオゥバァは木々の梢《こずえ》から梢へと飛び移り、すぐさま姿を消した。おそらく〈上位職〉妖精細剣士《フェアリーフェンサー》のスキルなのだろう。俺でもシノビスキルなしで追いかけるのは難しく感じるほどの素早さだった。

「なるほど。神出鬼没、ね」

一つ賢くなった俺は、ずっと待《ま》ち惚《ぼう》けさせられていた幼い魔族の少女、リノのもとに駆けつけた。

4

「あの薄汚い黒髪野郎の狙いを読み切ったぜ」

勇者アレクサンダーの唐突な台詞に、癒し手の女は胸の谷間に引き寄せていた彼の太く逞《たくま》しい腕を放した。

「なんのことでしょうか……？」

未だ莫大《ばくだい》な財宝の輝きにうっとりとしているエリーゼの声に、アレクサンダーは厳しい表情を作って答えた。

「賤小銅貨一枚」

アレクサンダーの意味不明な返答に、彼女の表情は不思議そうなものへと変わる。

「……？」

「いくら無能でグズなあいつでも、最難関ダンジョン攻略の報酬があんな小銭で納得するはずがない」

そう断言するアレクサンダーの背中にしなだれかかっていたフェルノも、体を離して会話に参加した。

「それは、そうだけどさー。あいつに、面と向かってあたしらになんか言う度胸なんてぇ」

「皆《みな》まで言うな。あの程度の小物の思考くらいお見通しだ。……奴は俺たちが立ち去った後、ここに舞い戻って、俺たちが運びきれなかった金銀財宝をかすめ取るつもりなんだ」

エリーゼが淑《しと》やかに片手を口に当ててから、大声を上げた。

「まぁ！『私《わたくし》たちの財宝』を横取りしようだなんて……！」

絶句するエリーゼに続き、フェルノがぴょんぴょん跳ねて怒りを露《あら》わにする。

「最低だ！最低だ！最低の薄汚い野郎だ！最低！最低！クズ！クズ！」

怒るフェルノを見て、冷静になった様子のエリーゼが一つ頷いた。

「私も同意です。おそらくアレは、ここの財宝を虎視眈々《こしたんたん》と狙っているに違いありません」

「だが、奴程度の実力では俺たちには絶対に勝てない。ゆえに、ダンジョンの脇道の物陰なんかに今もじっと隠れているに違いない。……盗賊の最上位スキルは〈潜伏〉だからな」

最後の言葉を聞いた瞬間、エリーゼとフェルノが心底バカにしたように笑った。

「ほんっと……ザコだよねぇ……さすが最弱職の盗賊。物陰に潜伏するだけのスキルだなんて」

「しかもそれが最上位スキルだなんて、笑い話にもなりませんわ。……クスッ」

失笑するエリーゼだったが、ふいに真顔に戻った。

「けど。勇者様」

改まった口調は進言する前置き。それなりに長い付き合いでそのことを知っているアレクサンダーは顎をしゃくった。

「勇者様のお考えはもっともです。どのような人間であれ、間違いなくもう一度ここに戻ってくるでしょう。そして実力で敵《かな》わないなら隠れてチャンスを窺う、ということにも頷けます」

「だろう？」

「しかしもっと大それた真似をする可能性があります」

「まさか手向かうと言うのか？」

恐るるに足りない、と豪快な笑みを浮かべる勇者アレクサンダー。

「……いいえ。トラップを仕掛けられる可能性を私は懸念《けねん》しているのです」

「なに？　トラップだと……」

アレクサンダーは俯《うつむ》き、初めて考え込んだ。

「確かに……非戦闘職の盗賊の唯一の取り柄が、トラップの扱いだ。……解除はもちろん、設置も……できる」

顔を上げた彼はエリーゼを見た。

「さすがはエリーゼだ。我がパーティーの参謀役なだけある。その深慮遠謀《しんりょえんぼう》、素晴らしいという他ない」

「忠言を聞き入れていただきありがとうございます」

エリーゼは恭《うやうや》しく頭を下げてから、ゆっくりとまた顔を上げた。

「アレクサンダー様も勇者に相応しい度量の持ち主ですね」

「フンッ……当然だ。俺たち三人が揃えば、無敵。邪魔者がいなくなったおかげで身軽にもなったし、より一層パーティーが強化されたことは疑いない」

その後、フウマの裏をかくためにほぼすべての金銀財宝を外へと持ち出す、ということに決まった。

アレクサンダーの背負い袋の中には、こういう時のために折り畳んだ背負い袋などが余分に入っている。

三人は金銀財宝をめいっぱい詰め込んだ背負い袋を背負い、片手には同じく金銀財宝が詰まったパンパンの手提げ袋を提げた。

左手に手提げ袋を提げた赤魔道士フェルノは、もう片方の手に持つ赤い宝石のはまった杖《スタッフ》を、残りの財宝に突きつけた。

「ほんとにいいのぉ……？」

もったいないとその顔に書いてある。

「あぁ。あんなろくに働きもしないクズ野郎に、大金貨一枚奪われるだけでも腹立たしい。……どうせ、そこに残ってるのは大したもんじゃない。俺たちから見れば、な」

「確かに、私たちが運ぶものに比べれば、金銭的価値がかなり劣る品々ばかりですものね」

参謀役のエリーゼの返事を聞いて、フェルノは財宝の残りに向かって一歩踏み出した。

「ハアァァ……〈火の小神〉の加護よ、私に力を与えたまえ……」

目を閉じて精神集中するフェルノの持つ杖の先端に、魔法による炎のような揺らめく赤い輝きが宿る。それなりに広い隠し部屋のほとんどを照らし出せるほど強力な赤い光だ。

数秒後、フェルノが力強く魔法を唱えた。

「〈炸裂小火弾《バースト・ボム》〉！」

杖の先端から放たれた赤い光は、財宝の残りに着弾した瞬間、強烈な魔法の炎に変じた。

そこからさらに炸裂する。

ダンジョンの隠し部屋に轟音《ごうおん》が反響する中、チリン、と高い所から硬貨を落としたような澄《す》んだ音がした。

「さすがだな……」

スクラップと化した元財宝。

焼け焦げ、壊れ、ボロボロになったゴミクズ。

一般的には十分希少と呼べる低位の巻物《スクロール》は燃えカスとなり、安価な宝石は粉々に砕け散った。

「大金貨がまだ一枚残っていたか……」

アレクサンダーは大金貨を拾い上げると、宣言した。

「さぁ！　出発するぞ！　……気合いを入れろよ。あのクソ野郎がモンスターにまぎれて襲いかかってきたり、汚いトラップを仕掛けてきたりする可能性が十分にあるからな」

「はい！」

「うんっ！」

そうして、アレクサンダーたちは順調にダンジョンの細い通路を戻っていく。

「……ろくなトラップもない……モンスターもいねえぇ……、ふぁあ……あぁぁ……」

最後尾をだらだら歩くアレクサンダーは長いあくびをした。

誰も注意しない。

それどころかエリーゼは、財宝の詰まった手提げ袋を豊かな胸が潰れそうになるほどギュッと抱きしめ、大金貨の輝きや宝石のきらめきを見ながら何度もため息を漏らしている。

先頭を歩くフェルノは、退屈そうに長い杖をくるくると回して遊んでいる。

「あっ。オイルスライム……！」

薄暗く狭い通路の奥から、滲《にじ》み出るように現れた半透明の黒いスライム。その大きさは子供の背丈ほどだった。

「楽勝っ楽勝っ」

歌うようにフェルノはそう言って、杖を無造作に向ける。

〈小火弾《ファイヤー・ブレット》〉と唱えた瞬間、小さな赤い光が杖から放たれ、オイルスライムに接触した。

ボウッ……ボォォォオオ………。

と、オイルスライムは一瞬で全身が燃え上がり、身をくねらせた。攻撃したフェルノに近づくこともできず、そのまま燃え続ける。

「これで最難関ダンジョンか」

勇者アレクサンダーは呆れたように言った。子供の背丈から赤子ほどのサイズになったオイルスライムを、伝説の英雄の剣で突っつく。

「ザコしかいないダンジョン。ろくにトラップも無し。……だから『自分でもS級ダンジョンでやっていける』と黒髪野郎は勘違いして、俺様たちの財宝にずうずうしくも手を伸ばしたんだろうな」

しばらく突っつき回していると、もう燃える部分がなくなったのか、オイルスライムは小さな核を残して完全に消え去った。

「行くぞ、お前ら」

「……えぇ」

「そだねー」

やる気なさげに歩き出した彼らだが、またもやオイルスライムに遭遇した。今度は十匹ほどだ。子供の背丈ほどのオイルスライムたちが蠢《うごめ》く向こうに、大人の背丈の倍ほどもある巨大なオイルスライムの亜種が見えた。

「ビッグオイルスライムか」

淡々と呟くアレクサンダーにも、さっさと杖を構えるフェルノにも、緊張感は微塵《みじん》もない。

ビッグオイルスライムは、オイルスライムが巨大化しただけのモンスターだ。亜種といっても特別な力などはない。むしろ巨体ゆえに動きが鈍《にぶ》いくらいだった。

そもそもスライム種の移動速度は遅い。接触するまでまだ十分時間はある。

「やれ。フェルノ」

「オーケー」

気軽に返事したフェルノは、〈小火弾《ファイヤー・ブレット》〉の魔法を使用した。

一匹のオイルスライムに着弾。さらに、炎に身をくねらせるオイルスライムが他のオイルスライムに接触して燃え移り、次々に連鎖して、十四ほどがまとめて盛大に燃え上がった。

出遅れていたビッグオイルスライムだけは、通路を塞ぐほどの大きな炎をまぬがれていたが、あまりの呆気なさと景気のよい光景に、アレクサンダーとフェルノがバカ笑いし出した。

「プッ……ワハハハハハハハハハハッ！」

「キャハハハハハ！」

「ザコスライムが〈小火弾《ファイヤー・ブレット》〉一発でほぼ全滅しやがったぜ……！　くぅ……腹いてぇ……！」

「あたしこんなにオイルスライム見たの初めて！　一度にこんなに燃やしたのも初めてぇっ！」

笑い続ける二人に、呆れたようにエリーゼが言った。

「オイルスライムはよく燃えますし、かなり火が強いですから、近づかないでくださいね。治癒神様の奇跡を、こんなゴミスライムによる火傷の治療などに使いたくありませんから」

「わぁってるって……──うっ？」

アレクサンダーはこみ上げる吐き気を抑えるように口を塞いだ。ほぼ同時に、頭痛や耳鳴りを強烈に感じた。

様子がおかしくなったのはアレクサンダーだけではない。

「……こ……これは……？　いったいどういうことかしら……？」

「なんか頭痛くなってきた……それに……ハァハァ……気持ち、悪いかも……」

突然の体調不良に三人は慌てる。

アレクサンダーは即座に周囲を見回すが、敵の気配はオイルスライム以外にはない。そのオイルスライムたちもただ燃え上がっているだけ。ビッグオイルスライムにいたっては、燃え上がる仲間たちの前で立ち往生している。

「──黒髪野郎が仕掛けた毒ガストラップだッ！」

確信のこもったアレクサンダーの突然の声に、他の二人はびっくり仰天して、

「毒ガス⁉」

と同時に叫んだ。

「奴だ……ハァハァ……呼吸が急に苦しくなったのも、吐き気がするのも、頭痛がするのも、それもこれもぜぇーんぶアイツの仕業に違いねぇ……！　汚い野郎だぜッ！　正面切って戦う度胸も力もないからって、トラップを設置していきやがったんだッ！」

「そっか……ハァハァ……なるほど。うっ……苦しい……頭、割れそう……」

「フェル！　しっかりしやがれ！　こんな時こそお前の強力な魔法の出番だ！　敵は図体がデカイだけのグズが一匹だけだ！　大技で一気に仕留めろッ！」

「頼むわフェル……、貴女だけが頼りよ……うぅっ」

「わか……った……。〈火の小神〉の加護よ……私に力を与えたまえ……くっ……ハァァァ……ッ！〈炸裂小火弾《バースト・ボム》〉！」

フェルノの杖から放たれた赤い光弾《こうだん》は、燃えるオイルスライムたちの頭上を抜けて、ビッグオイルスライムに着弾した。

爆発。

ビッグオイルスライムの破片が通路に散らばり、それぞれ燃え上がる。勇者パーティーとの距離はかなりあったため、彼らのところまで飛ぶことはなかった。

大人の背丈の倍も高さのあるビッグオイルスライムの体積は、通常のオイルスライムの比ではない。

ただでさえダンジョン内の酸素が燃えていく中、一気に酸素の消費量が跳ね上がった。

クラッ、と酸欠で倒れそうになった勇者アレクサンダーは一歩足を踏み出して、なんとか踏みとどまる。

「俺様は勇者アレクサンダァァァァッ！　クソ野郎が仕掛けた卑怯なトラップなんぞに負けたりは

しない！　うおおおぉぉおおおおおおおおぉぉおおおおおお――！」

勇者アレクサンダーが右手を拳にして、雄叫《おたけ》びを上げる。その拳が徐々に、黄金の輝きを宿し始める。

「おおぉぉぉぉおおおおおッ！　〈勇気の心《ブレイブ・ハート》〉ッ！」

アレクサンダーはスキル名を叫ぶと同時に、黄金色に輝く右手で自身の左胸を叩く。瞬間、全身を黄金色の光が包み込む。

勇者の最上位スキル〈勇気の心《ブレイブ・ハート》〉。

精神が肉体を凌駕《りょうが》することを可能とするスキル。大きな傷を受けても剣を全力で振ることができたり、毒に対する耐性を一時的に強化したりするなど、複数の効果がある。

多少の火傷など気にせず、アレクサンダーは燃え盛るオイルスライムたちを全速力で踏み越えて、毒ガスが発生していると思っているエリアを脱した。

先頭にいたフェルノは火への耐性があったため、アレクサンダーが叫んでいる辺りで、もうすでに燃え盛るビッグオイルスライムの死骸を越えていた。

エリーゼは自らの癒しの奇跡に自信があるため、火傷よりも毒ガスの方が危険だと判断して、フェルノに続いて走り去っていた。

こうして三人は辛《から》くも窮地《きゅうち》を脱したのだった。

5

（〈手刀〉を本来の目的で使ったのは久々だな……）

俺は、気絶させた三人のＳ級冒険者たちを、彼らが持っていたロープで縛り上げ、適当な木に結びつけておく。もちろん武装解除もしておいた。

武装を解かせる際、首から提げた冒険者プレートが目についた。本当にＳ級だった。

チーム名は〈治癒神の慈悲と赤魔道士組合の誇り〉。

長いチーム名を読み上げた瞬間、なんだかなー、という気分に陥《おちい》る。

この長いチーム名をつけた目的が推測でき、捕まえたことも徒労で終わるだろうと予測できた。

（一応明日にでも街の衛兵に突き出すか……。どうせ無駄だろうけど）

ひと仕事終えた俺は、待っていてくれたリノのもとに向かう。

「リノ……さっきは、ありがとう。ダークエルフのオゥバァに疑われた時、ずっとかぶっていたフードを外してまで弁護してくれて、感謝してる。俺は、とても喜んでいる」

魔族の幼い少女がどのくらい人語のリスニングが可能なのかわからないので、ちょっと丁寧《ていねい》に感謝の気持ちを伝えてみた。

俺のへそくらいの背丈しかない小さな少女は、じっと俺を見上げている。夜の冷たい気配を感じさせ始めた風に、不揃いのセミロングの髪が揺れた。

土埃で汚れてくすんだ金髪。そこから覗く二本の短いツノ。

「フ……ウマ……こまって……た、から」

当然という表情を浮かべた幼い少女の頭に、手を伸ばした。

「ありがとう」

小さな頭を包み込むように撫でると、親指と小指がかすかにツノに触れた。

ビクッとリノが震える。

「痛かったか？」

「ち……がぅ」

俯くリノ。

「こ……わく、ない……？」

上目遣いでこちらを窺ってきた。

「怖い？　……まさか。リノは俺を助けてくれたし、とってもキュートな女の子だと思うよ」

暗くなった雰囲気を明るくするためちょっとちゃかして言うと、プイッと、リノは横を向いてしまった。

（怒らせちゃったか？）

心配になって様子を窺う。

夕闇の中でもはっきりとわかるくらい、耳や首筋が赤くなっていた。

照れているらしい。

（……はは）

これ以上機嫌を損ねないように心の中だけで短く笑う。

きゅぅ、と小さくお腹を鳴らしたリノに、携行していた水袋を差し出す。

「ここで休憩しよう。俺がいればモンスターが出ても安全だから」

耐水性のある動物の皮でできた水袋には、水がまだ半分くらい入っている。

たどたどしく人語で礼を言ったリノは、それを重そうに両手で抱えるように持った。すぐさまコルクの栓《せん》を抜き、直接口をつける。

「────っ！　ぅ………うっ……うぅ……」

喉《のど》が渇いていたらしいリノは、動物の皮の苦味が混じった少し古くなった水を呻《うめ》きつつも飲んでいく。

ぷはっ、と可愛らしく口を離したリノに、今度は布につつまれた干し肉《ジャーキー》を手渡す。

「……ありがと……ご……ざぃます」

なんかちょっとだけ流暢《りゅうちょう》になってきた気がする。

「べつに気にしなくていいよ。その干し肉、安売りしてたものなんだ。あまり美味《おい》しくないし、大人でも噛み切るのが大変だけど……食べられるかい？」

「………」

チャレンジャーなのかリノは躊躇《ちゅうちょ》なく布を取り去り、薄く切られた茶色い塊《かたまり》にかぶりついた。

「……うー……うー……うぅーっ！」

噛み切れないと直感したらしく、噛んだまま両手で引っ張る。

だが、無駄なようだ。

「貸して」

俺は干し肉を返してもらうと、金属製のコップを小鍋代わりにスープを作ることにした。

スープの具は、薪《まき》を拾うついでに見つけた野草と干し肉だ。

野宿には慣れているので、あっという間に温かいスープが一杯だけ完成した。

残念ながら料理もスープを入れる器も一つしかない。

「どうぞ。あいにく具は少ないし、味も今一つだろうけど。もし機会があったら、シノビノサト村の特産の米で作った雑炊《ぞうすい》を食べさせてあげるよ」

「こめ？」

「あぁ、米だ。俺の知るかぎり宗教都市ロウでは売ってないし、他の都市にもないみたいだな。……さぁ、冷めないうちにお食べ」

差し出されたスープを受け取ったリノは、たどたどしくお礼を言ってから口をつけた。

「――っ！　……あぅ」

どうやら熱かったらしく、口を離して涙目になった。

ふぅふぅと息をスープに吹きかけて冷まし始める。

「ふぅふぅ……ふぅふぅ……ふぅふぅ……ふぅふぅ……ふぅふぅ……フゥウーッ！」

よっぽど猫舌なのか、入念に冷ましてからまた口をつけた。

パァッ、と表情がにこやかになる。

（ほんと……美味しそうに食べるな……）

スープにした干し肉は柔らかくなって食べやすいし、投入した野草の中には、他の野草の苦味を消す効果があるものもある。

それでも、具はいくつかの野草と安い干し肉だけ。

料理ともいえないようなスープのはずだった。

（けど、やたら美味しそうに見えるな……）

リノは無言でスープを食べ続けていたが、いきなり手が止まった。

「……ありがと、ございます」

返されたコップを覗くと、まだスープは半分くらい残っていた。

「もういいのか？　まだ残ってるが……」

「フウマさんの、ぶん！　です」

「いや。俺は二、三日食べなくても全然平気なんだが……」

どうするかと首を傾げたあと、「じゃあひと口だけ」と断ってから口をつけた。

口内に少し冷めたスープの味が広がる。

「………美味《うま》いな……」

干し肉を水で柔らかくして食べるというのは、冒険者の食事としては一般的だ。俺も、何度も勇者たちと食べてきた料理のはずだった。

（けど、なんで……）

「――こんなに美味いのかな……？」

「ぜんぶ……たべて、いぃです」

微笑《ほほえ》みかけてきた幼い少女に、俺は自然と笑い返していた。子供の時みたいに無邪気に笑えたのは久しぶりのことだ。

少なくとも、シノビノサト村を出てから一度も、こんなふうに笑ったりした記憶はなかった。

お腹がふくれ、リノは俺のことが知りたくなったらしい。

「どぅして、ここ、に……？」

「まぁ、話せば長くなるんだがな……」

久しぶりに満たされた食事のためか、すぐそばにいるリノのためか、俺はひどく幸福な気分を味わいながら、天を仰いだ。

夜空にはいつの間にか星が瞬《またた》いていた。雲一つないわけじゃないけど、月に照らされる雲の陰影さえも美しいと思えた。

(「月が綺麗ですね」っていうのが告白の言葉だと、ジッチャンのトウチャンが生前言ってたらしいけど、……初めて理由がわかった気がするな)

心から幸福を感じた時、金銀財宝よりも遥かに、世界は美しく感じられるのだ。俺が狭い村を出て冒険者になりたかった理由も、そこにあるのかもしれない。だとすれば、最大の宝は、最難関ダンジョンの最奥ではなく、出会いの中にこそあったということなんだろう。

月を見上げたまましばらく物思いにふけり、どう説明しようか考える。

リノをあまり待たせるのも悪いと思い、心に浮かんだ台詞をそのまま口にした。

「『最難関ダンジョンをクリアした成功報酬は勇者パーティーの裏切りでした』ってところかな」

6

翌朝、捕らえたS級冒険者チーム〈治癒神の慈悲と赤魔道士組合の誇り〉を引きずるようにして、俺とリノは移動する。

スキルで気絶させてある三人もの人間を楽々と引きずる俺を見て、幼い魔族の少女の頬は引きつった。

勇者たちと探索したS級ダンジョンに最も近い街は、〈治癒神の御手教会〉の総本部が存在する宗教都市ロウだ。

しばらく歩いて森を抜けると、丘の上から宗教都市ロウの偉容が見えた。

街を囲む二重城壁は、まるで人が心の中で思い描く真円をそのまま現実の世界に描いたかのように、一切の歪《ゆが》みがない。

「きれぃ……」

リノが評したように、遠くに見える宗教都市ロウは美しい。

特に――。

「あの……たかぃ、とー、きれい……です」

「あぁ。あの尖塔は〈治癒神の御手教会〉の総本部の中央にある〈天雷《てんらい》の塔〉だ」

「てぇ……らい？」

聞きなれない言葉に首を傾げるリノに、俺は説明した。

「……俺のジッチャンが、宗教都市ロウで唯一絶対に隙を見せるな、注意しろ、ってくどいほど言ってきたモンだ」

薄曇りの空の下、宗教都市ロウのほぼすべてが陰鬱《いんうつ》な色に染まっている。

だが、あの都市の中央にある青白く輝く〈天雷の塔〉だけは別だ。魔法の力によって、夜間でも雨天でも青白く輝き続けていて、高い城壁を楽々と超え、遠い丘の上に立つ俺たちにもはっきりと見えている。

〈天雷の塔〉は時計塔の役割も果たし、市民に親しまれている。だが同時に、あれが神代マジックアイテムを核として建造された、恐るべきマジックアイテムであることを知らない者は、この都市にはいないだろう。

「最悪だな。……この曇り空なら〈天雷〉を発動できる」

珍しく顔をしかめる俺を見て、リノは不思議そうな顔になった。

「〈天雷〉は、〈天雷の塔〉から放つ儀式魔法だ。たくさんの魔道士を必要とするし、高価な消耗品も大量に使用する。一発撃つだけで、平均的な市民の一日の労働賃金が千人分吹っ飛ぶ」

ゴ……ゴゴ……ゴロゴロ……。

と、不穏な音が宗教都市ロウと俺たちの間で起こる。

より濃い黒雲が生まれた。

「……今回の目標を見つけたらしいな……」

〈天雷〉の発動費用はバカにならないのに、〈治癒神の御手教会〉は月に一度はあの強大な儀式魔法を放つ。

名目は、宗教都市の外にいる巨大で凶悪なモンスターを倒すため、と広報している。

だが、実際は違う、と俺は感じている。おそらくまともな人間なら誰でも同様だろう。

なぜなら〈天雷の塔〉を使用してモンスターを討伐するより、冒険者を雇って討伐させた方が遥かに安上がりなのだから。

「……始まった」

ゴロゴロと鳴る前方の雨雲が、稲光《いなびかり》を発し始める。

〈雷の大神〉の加護を必要とするらしく、発動までに時間がかかることがこの儀式魔法の弱点だ。

それ以外に弱点らしい弱点はほとんどない。

雨雲から落ちた雷は、宗教都市の周囲を飛んでいたワイバーンを直撃し、一撃で黒い炭へと変えた。

極太の雷は、三メートルはあるワイバーンを丸々呑み込んで、その硬い鱗を物ともせず貫通して、地面に大穴を開けた。

「……ん？　なんだ？」

ワイバーンの数倍はありそうな飛行型モンスターを見つけて、俺は思わず目を疑った。

「竜《ドラゴン》？　あのサイズは上位竜クラスだぞ……？」

上位竜は、俗世から隔離されたように思われているシノビノサト村の周囲にさえもういなくなった、二千年以上生きてきた竜《ドラゴン》のことだ。

世界に残り数匹とも、もう絶滅したとも言われる存在だった。

「マジか……？」

目の前の光景が信じられない。

各国の首都と同等か、それ以上に堅牢とされる宗教都市ロウ。そこに、非常に希少な存在である最古の竜《ドラゴン》が戦いを挑んでいるのだ。

とんでもない現場に出くわしたものだ。

「――リノ。悪いが、俺だけ少し先に行っていいか？」

幼い魔族の少女一人を置いて行くことに、ちょっとだけ不安を感じた。冒険者どもはスキルで気絶させてあるし、リノはしっかりしている。モンスターがこの周囲にはいないことも俺の〈敵感知〉でわかっていた。それでも逡巡《しゅんじゅん》する俺に、リノは真剣な顔をして言った。

「……いって」

魔族と竜《ドラゴン》は同じく、人間に目の敵《かたき》にされている存在だ。だからこそ、世界でただ一匹かもしれない上位竜が討滅される瞬間に、なにかを感じたのだろう。

涙を浮かべた瞳でまっすぐ見つめてきたリノは、早く行ってあげてと言うように深く頷いた。

「ありがと」

俺は駆け出す。

全速力で。

が——。

カッ——ドッドドドォォォオドドッ！

上位竜を貫き、地面に着弾した極太の雷が、土をまるで高波のように巻き上げた。

俺は、その水平に流れるような土砂崩れを物ともせずに踏破する。

すり鉢状になった地面の中央には、両方の翼をボロボロにされ、赤い血を吐いて横たわる竜《ドラゴン》がいるだけだった。

かすかに浅い呼吸を繰り返す白銀の上位竜は、俺の百倍くらいの大きさがあるはずなのに、ひどくちっぽけに見えた。

「……少年……。なぜ、ここに来た」

チカチカと空が瞬《またた》く。

通常の儀式魔法でも、多人数の魔道士の精神集中を必要とし、発動までに時間がかかる。〈雷の大神〉の加護を必要とするといわれる儀式魔法ならなおさらだ。今〈天雷の塔〉で、多くの魔道士たちが〈天雷〉をまたここに放とうとしているのだろう。

「来た理由は……、正直わからない」

死にかけだからだろうか。

薄目を開けてこちらを見つめる竜《ドラゴン》の瞳は、ひどく優しげに見えた。

「……ふ。……同情か。……二千年以上生きた我だが、人間から同情を受けたのは初めてだな」

「なんでこんな真似を？」

上位竜は、俺とは比較にならないほど老成した思慮深い目で、天に向かってひと筋の青い魔法の輝きを飛ばしている〈天雷の塔〉を見つめた。

「〈天雷の塔〉……。数多の信者たちの血と汗と涙と寄付金を食らい建造された神代マジックアイテムの発動装置。あんなものを造るとは、人間とは立派なものだ」

まったく感心した様子もなく、死にかけの上位竜は語る。

「なぜ、と問うたが……それは復讐のためだ。人間よ。……我が孫は、あの〈天雷〉によって討たれた」

〈天雷〉は、〈治癒神の御手教会〉が己《おの》が威信を示すために定期的に放っている。対象は大型モンスターや神代に造られて暴走した大型ゴーレムなどだ。当然、大型モンスターである竜《ドラゴン》も対象だった。

「……ところで、少年よ。『〈治癒神の御手教会〉の秘密』を知りたくないか？」

「『秘密』？」

「そうだ。世界中の都市に存在する〈治癒神の御手教会〉の存在を、根底から覆《くつがえ》すような秘密だ。もしかしたら革命が起こるやもしれん。〈御手教会〉だけでなく、魔道士組合系最大勢力である赤魔道士組合を含む各魔道士組合も、大混乱に陥るだろう——『世界の謎に迫る秘密』だ」

「……それを知ったらどうなる？」

興味を引かれたものの、別の疑問を投げかけた。

「少なくとも、遠くに隠れているあの小さなモノを引き連れる以上に、〈治癒神の御手教会〉につけ狙われるだろうな。奴らは余裕がない。あのような尖塔を建て、定期的に神代の魔法を放たねば気が済まないほどにな」

竜《ドラゴン》の視線が一瞬、遥か後方にいるリノに動いた。

「だったら聞かない」

「それを聞き、世界に広く知らしめることで、大きななにかを成せるとしても――、か？」

「そうだ。……俺はシノビだ。シノビというものは耐え忍ぶ者、陰で動く者だと教わっている――それがシノビの在り方なんだ」

上位竜はため息を一つついた。

リノなら吹き飛ばされかねないほどの風が生まれる。

「……理解できぬ。それほどの力を持ちながらなにを耐える」

「最強と謳《うた》われる二千年も生きる上位竜には理解できないかもな。けど」

「うむ？」

「――孫のために単騎で死地に赴くのも、一般的には理解できない感情だと思うけどな」

「……然様《さよう》かもな――」

「遺言があるなら、聞こう」

「遺言か……」

死にかけの上位竜は、しばらく目を閉じた。

二千年生きた竜の遺言。

どんな言葉か予想もつかない。

「ふぁっふぁっふぁっ」

突如、ひどく柔らかく上位竜は笑った。

そしてそれが彼の遺言《さいごのことば》となった。

数多《あまた》の知識を持ち、類《たぐい》まれな叡智《えいち》を誇る、長い時を経た竜《ドラゴン》の遺言が——ただの笑い声だなんて、しゃれてる。

上位竜を真似て、「ふぁっふぁっ」と笑った後、俺は落ちてきた〈天雷〉に向かって、はっきりとジッチャンとの約束——シノビの掟を破る覚悟で、シノビスキルを使用した。それも最上位スキルのうちの一つを。

視界が雷の強烈な光に包まれる。

「〈壱《いち》の秘剣・雷切《らいきり》〉ッ!」

正真正銘、全力で放った一撃。

初動こそ〈手刀〉に似ているが、雷を全身に纏って突進して放つ〈雷切〉の威力は、〈手刀〉とは比較にならない。

シノビスキル最上位である雷遁《らいとん》の術〈雷切〉は、雷を切り裂き、消滅させる効果もある。シノビにとって数少ない攻撃手段にも使えるスキルだ。

高く高く、空を流れる雲にさえも届かせるつもりで、〈雷切〉発動の勢いを利用して跳躍し、雷を斬り裂いて、昇る。

極太の雷は消滅しない。

並みの魔法なら、〈雷切〉によって、斬り裂かれ、完全消滅するはずだった。

だがこちらの〈雷切〉が打ち消されないだけで、〈天雷〉も消滅しない。

（さすが、神代マジックアイテムをさらに気の遠くなるほどの年月と金をかけて強化しただけのことはある）

地と雲。その中間ほどまで昇ったところで、俺の〈雷切〉の効果が消滅した。

〈天雷〉も消滅。

ただし〈天雷〉は発動時間が過ぎただけで、〈雷切〉で消滅させたわけではなさそうだった。

着地した俺が見たのは、すり鉢状の大地がさらに陥没し、上位竜の亡骸が無残にもバラバラになった光景だった。

「……『〈治癒神の御手教会〉の秘密』、か……」

各国に深く根を下ろしている〈教会〉を揺るがす秘密、と言われても、まったくイメージが湧かない。それほど〈教会〉の支配の歴史は長く、盤石に見えた。

本当にそんなものがあるのか、という疑問は、あの竜《ドラゴン》のまっすぐで純粋な瞳を思い出すと、消えた。

おそらく嘘ではない。

〈治癒神の御手教会〉にはそれほどの秘密があるのだろう。

上位竜の鱗の一枚を形見代わりに拾うと、黙祷《もくとう》を捧げ、急いでリノのもとに戻ることにした。ここから宗教都市ロウまではまだかなり距離があるが、万が一こんな所にいるところを誰かに見つかったらやっかいなことになりかねない。

7

「ちっ！　また毒ガストラップかッ⁉」

「うざい！　キモい！　キモい！　あの黒髪野郎チョーウザイんだけどー！」

同じパーティーに属する勇者アレクサンダーと赤魔道士フェルノに、後方で支援に徹していたエリーゼは指示を飛ばした。

「さがってください」

後衛である癒し手の彼女は、最難関ダンジョンの隠し部屋で手に入れた巻物《スクロール》のうちの一つを使用する。

「〈緑風陣《ウインド・フィールド》〉！」

巻物《スクロール》は緑色の光を放つとすぐさま、洞窟内ではあり得ないような突風を巻き起こした。

燃え上がる巻物《スクロール》を投げ捨てたエリーゼは、オイルスライムと一メートルほどの巨大なカエルのモンスター、ジャイアントトードの群れに踏み込んだ。

モンスターたちはすでにフェルノの魔法で燃え上がっている。火系統の魔法とオイルスライムの相性は抜群で、もともと大して強くない動きの鈍いジャイアントトードも巻き込んでいた。

呼吸が苦しく、吐き気と頭痛にさいなまれながらも、何度も経験すれば三人も即座に対処できるようになっている。

「やはり毒ガスか！　風で吹き飛ばしたら一気に楽になったぞ！　さすがに六度目ともなれば対応にも慣れてくるな！」

「うん！」

アレクサンダーとフェルノの二人も、燃え盛るモンスターたちを相手にせず通路を駆け抜ける。

戦闘後の小休止。背負い袋などの荷物を地面に下ろし、それぞれ岩に腰掛けた。

ひと息ついたアレクサンダーは立ち上がると、リーダーらしくエリーゼに労《ねぎら》いをかける。

「さすがだな、エリー！　これほど頼りになる参謀を俺は知らない！」

「いいえ」

豊かな青い髪を揺らし、彼女は首を横に振る。

「せっかくダンジョン最奥で手に入れた〈緑風陣《ウィンド・フィールド》〉の巻物《スクロール》を、これで使い切ってしまいました」

「だがエリーが機転を利かせ、毒ガスを風の魔法で吹き払うという戦法を思いつかなければ、きっともっと困難になっていたことだろう」

煤《すす》けた顔のアレクサンダーは、にこやかに笑みを浮かべる。

もともと美形のアレクサンダーだからこそ、煤による汚れも火傷の跡も、むしろ男らしさの発露《はつろ》のようにエリーゼには感じられた。

「ふん！　毒ガスなど、次からは俺の剣の素振りで散らしてくれる」

ぶぉん――――！

と、伝説の英雄の剣を振るうアレクサンダー。

分類的には大剣と言ってもいいくらいのサイズだが、彼はそれを片手で振ることができた。

その姿は、まさに威風堂々。

英雄の中の英雄という出で立《いた》ちだった。

「さすがは勇者様」

「凄い！　凄い！」

「褒めるな。……この程度当たり前だ」

凄い凄いと誉めそやすフェルノと違い、深い笑みを浮かべたエリーゼはそれ以上なにも言わない。

〈治癒神の御手教会〉の上位聖職者の娘である彼女は、王家から期限付きで貸し出された伝説の英雄の剣の性能を知っているのだ。

あれは装備するだけで、身体能力を跳ね上げる神代の奇跡を授かっている。

また、勇者という職業にはどれほど破格な能力補正が存在するかも知っていた。

伊達《だて》に参謀をしているわけではない。

少なくともこのパーティーで、彼女ほど頭が回る人間は他にいないだろう。

「ねぇエリーゼ。治癒を使ってよ」

「……ダメですよ、フェルノ。まだ先は長いのですから。……私《わたくし》たちの実力をもってしても帰り着くには少なくともあと二日はかかるでしょう」

冒険者最高ランクのＳ級でも、それより早く脱出することは不可能だ。

「ふン！」

鼻息荒く、アレクサンダーはまたも素振りする。

疲労困憊ながらも小休止の間まで剣を振るう姿は、まさに困難に立ち向かう英雄の姿だとエリーゼは感じた。

粗野ともとれる振る舞いも、若く美形であり、勇者という肩書きがあれば、一転して雄々しさや男らしさといった好意的な印象に変わる。

このダンジョンの帰途についてから、まだ一日しか経っていない。

その間に、彼らはかなり消耗していた。火傷の跡をすべて治癒しきれないほどに。

無論、〈治癒神の御手教会〉屈指の治癒の使い手であるエリーゼなら、ここにいる全員を完全に癒やすことも可能だ。

とはいえ、六度も毒ガストラップを仕掛けられていたとなると、これ以降もトラップが存在する可能性がある。余力は必要だった。

「まさか、あの盗賊がここまで陰湿だとは予想外でした……」

「盗賊なんて青魔道士にも負けるくらいの最弱職じゃない！　最弱職じゃない！」

「ちっ！　あの黒髪野郎！」

剣を振る際に大きく一歩踏み出したアレクサンダーの足が、フェルノの背負い袋に当たる。

大金貨や宝石、その他の財宝でパンパンになっていた背負い袋が倒れた。

ジャラララララ……。

と、まるで黄金色の水が溢れ出るかのように、炎によって焦げた背負い袋から大金貨などがこぼれ出る。

途端、先ほどまで悪鬼羅刹《あっきらせつ》のような表情を浮かべていた三人は、ニタリと笑みを浮かべた。

「……だがそれもこれも、金銀財宝を手に入れるためだと思えば安いもんだ」

「ええ勇者様。貴方様がこれほどの財宝を最難関ダンジョンから持ち帰ったとなれば、王家や貴族の支持も一層高まり、民衆も熱狂をもって迎え入れることでしょう。……ここにある黄金以上の価値を、これから得ることができるのです」

「……よくわかんなーい！　けど！　あたしとしては目の前にある金貨や宝石だけで十分かなっ」

フェルノが両手ですくい上げた大金貨などが宙にばらまかれ、地面に落ちるとチリンチリンと音がする。

勇者とエリーゼもそれを真似た。

勇者パーティーは、しばらくこの遊びを飽きることなく続けたのだった。

それでも、曲がりなりにも最難関ダンジョン。勇者パーティーと極めて相性のいいモンスターしか出現しなくとも、その踏破はそれなりに困難なものであった。

「ここが最初で最後の難関か……」

呟いた勇者アレクサンダーの目の前には、断崖絶壁に作られた小道のようなものが見えた。

左手は岩でできた壁。右手は崖だ。足元は、岩肌に沿うようにある小道のみ。落ちれば遥か下を流れている濁流に真っ逆さまだ。

「……盗賊とはいえ、このような場所にトラップを仕掛けるのは無理でしょう」

エリーゼの言葉にアレクサンダーは大きく頷く。

「あんなグズに、こんな危険地帯で悠長にトラップを仕掛けられる胆力があるとも思えん。……とはいえ気を引き締めるぞ！　この小道で足を踏み外せば死ぬことになる。しかもかなり長いからな」

注意を促すアレクサンダーに、エリーゼとフェルノは真剣な声で返事した。

「えぇ。了解いたしました」

「うんっ！　もっちろん最大限注意するよ！　注意力全力全開だよ！」

そう宣言しつつも、十分も歩けば注意力が散漫になった。

最後尾を歩くフェルノは、杖を軽く振り回しながら鼻歌を歌っている。

「ふん、ふん、ふん♪　ロウに着いたら洋服買おう♪　髪飾り買おう♪　宝石は――すでにいっぱい背負ってるからいいやッ！　キャハハハハハッ！」

先頭を歩くアレクサンダーは、あくびをかみ殺す。

この小道は行きにも通ったし、ダンジョン内に出現するモンスターはだいたい把握していると思っているアレクサンダーにとって、退屈極まりない道だった。

仮にオイルスライムが現れても、ビッグの方は通れず濁流に真っ逆さま、通常サイズでもプルプルした表面の愚鈍なスライムごときでは、この断崖絶壁に作られたような小道は通行不可能だった。

他のモンスターも同様だ。

鼻歌を歌ったりこそしなかったものの、エリーゼもフェルノと似たような心境だった。

「抜けられたぜ。楽勝だったな」

最大の難所を難なく切り抜けたアレクサンダーは後ろを振り返った。

「うんっ！　楽勝だねっ！」

ぴょんと、元気に跳び上がるフェルノ。

チリン、とすぐ後に音が続いた。

財宝を見つけて以来聞き慣れた音だ。

「フェル？　大金貨を落としたみたいよ？」

注意したエリーゼはフェルノの足元に目をこらし、すぐさま大金貨を一枚拾ってあげた。

「ありがとーエリー」

そう言ってしゃがんだフェルノの背後で、また、チリン、と澄んだ音がした。

「は？」

アレクサンダーはいぶかしげな表情をしつつ、フェルノの後方に回る。エリーゼも続いてフェルノの背負い袋を観察する。

その底には――

――大きな穴が開いていた。

黒く焦げていた部分が、あまりの財宝の重さによって破れてしまったのだろう。

本来、冒険者が使用する背負い袋が破れることなどまずない。非常に丈夫に作られているのだ。

「クソっ！　アイツのせいだ！　あの黒髪野郎のせいだ！」

フェルノの背負い袋に穴が開いたのは、この断崖絶壁の小道を歩いていた間だと予想できた。

それ以前なら、先ほどのように大金貨などが落ちる音で気づけたはずだからだ。

それに気づけなかったのは、遥か下の濁流に呑み込まれたのと——。

「……鼻歌のせいね」

エリーゼはそう断じた。

フェルノは縮こまった。

「で、でも……」

「……いや。……失敗は誰にでもある」

いつになく鷹揚《おうよう》に答えたアレクサンダーに、エリーゼは少し首を傾げたが、すぐ納得した。

落とした財宝は、フェルノの分だ。自分には関係ないと思ったのだ。

それにもしかしたら、ちょっと前の小休止に、アレクサンダーの足がフェルノの背負い袋にぶつかったことが遠因かもしれない。

「ダンジョンで鼻歌を歌ってはいけないわ」

穴の開いた背負い袋の中身を見つめて半泣きになっているフェルノに、エリーゼはたしなめるように言った。

8

リノを襲ったS級冒険者たちを、宗教都市ロウの衛兵に突き出した俺は、奴隷商館の立ち並ぶエリアを訪れていた。

スキルを使ってずっと気絶させてあったが、意識が戻れば揉め事になるのは確実だった。

そんな不安がある中、俺がまず行《おこな》ったのは、リノを安全な場所に匿《かくま》うこと。

奴隷商館のあるここら一帯くらいしか、魔族がいても怪しまれない場所はない。

連れてこられたリノは、明らかに委縮《いしゅく》している。

俺は奴隷商館の隣に立つ、装飾のない堅固な宿を見上げる。

その入り口前で、命令するような口調でリノに告げた。

「入るぞ」

フロントで金を渡し、鍵を受け取った俺は、リノと共に歩き出す。鍵には「二十一」と番号が刻まれている。二十一号室を使えということだ。

「……う、うぅーっ！……」

「痛い……ぃたぁい……っ」

廊下の両脇にずらりと並ぶドア越しに、すすり泣くような声や悲鳴がくぐもって聞こえる。

ここいらの宿のドアは、鉄板入りで分厚い。そのドア越しでこれだけ聞こえるということは、すすり泣きなどではなく、慟哭《どうこく》しているのかもしれない。

部屋の番号は手前から若い順だった。二十一番の部屋はかなり奥の方にあるようだった。ときおり、奴隷を連れた商人風の男や冒険者らしき者たちを見かける。怪しまれないよう、俺たちも冒険者とその奴隷を装う。

「こっちだ！　さっさと歩け！」

足がすくんだ様子のリノの手をぐいっと引っ張る。

そしてやっと目的の部屋に到着した俺は、鍵を差し込みドアを開ける。

中は真っ暗だった。

窓がないのだ。宿ではなく、牢屋かなにかを連想する人がいてもおかしくない。

調度品はベッドのみ。この部屋の付属品なのか、誰かの忘れ物なのか、ベッドの鉄柵からぶら下がる手錠があった。

手錠の輪っかは、廊下から差し込む光を反射して鈍く光っている。

よく見れば壁のあちこちに、引っ掻いたような跡が血の筋となって残っている。

ベッドのシーツはいつから替えていないのか、ぐっしょりと濡れていた。いったいナニで濡れているのかわかったもんじゃない。触れたくもない。

「リノ。お前はここにいろ」

「…………」

小さく頷くリノに、俺は顔を寄せて小声で説明する。

「ここは安全だ。『商品』を逃がさないように、そして奪われないように、窓がなくて扉が非常に頑丈なんだ」

「…………」

「俺は人に会ってくる。リノを安全に匿えるとしたら、俺の故郷の村しかないだろう。……この地を去るなら、義理を通しておきたい人がいるんだ」

上目遣いで見つめてくるリノ。

「……ぁ」と小さくなにかを口にした様子だったが、声が出ないらしい。

揺れる瞳と青ざめた頬から、彼女がなにを考えているか手に取るようにわかる。

「大丈夫」

安心させるように、リノの頭を撫でる。

「必ず帰ってくる」

そう伝えると、ここに来てから初めてリノの顔に笑みが浮かんだ。かすかなものだったが、それでも笑ってくれたことに安心した。

リノを真っ暗な部屋に残して、鍵をかける。

奴隷を売る手順としては、隣に立つ奴隷商館の奴隷買い取り部門の人間に、この鍵を手渡すのが流れだ。そして商品の品定めが行われる。この宿は奴隷商館の一部といえる。

当然、リノのいる部屋の鍵を誰かに渡すつもりはない。

(冒険者ギルド……組合長《ギルドマスター》、か)

ジッチャンの知り合いで、また、俺を勇者パーティーに推薦してくれた人物。

勇者パーティーをクビになった一件と、魔族であるリノをかばってしまったことを、彼に伝えねばならないだろう。

重いため息をつくと、俺は奴隷商館から外に出た。

9

繁華街のにぎやかな活気の中、重たく感じる足を動かし、俺は奴隷商館から遠ざかった。リノを預けた、二十一と刻まれた部屋の鍵を手に持ったまま。

しまえばいいものを、なぜかそうすることができない。

金メッキのくすんだ鈍い輝きを見つめながら、メッキが剥《は》がれた灰色の角を触る。

いったいどれほど、この鍵は使われてきたのか。

(二十一ってことは、最低でも二十一部屋あるってことだろうな……)

奴隷商館の宿での奴隷の管理方法は、ある程度定められている。そのうちの一つが、一部屋に一人であること。かつて、奴隷たちが協力し合って集団自殺した事件があったためだ。

(部屋がすべて埋まっているとは限らないが、つまりあそこだけで二十人前後の奴隷が囚われているはず……)

そして奴隷商館はここだけではない。都市全体で見た場合、囚われている奴隷たちの数は二、三百人は下らないだろう。

奴隷を正規の手順を踏んで買い取るだけの金など、俺にはない。もし最難関ダンジョンの報酬があれば、あの宿の奴隷たちを買い占めるくらいは簡単にできただろうが。

また、盗賊の俺には奴隷を助けるだけの力はない。

(シノビスキルを大っぴらに使っていいのであれば……。けど、ジッチャンとの約束もあるし、シノビの掟だってある)

先ほど出てきた奴隷商館を振り返って眺める。

旅立ちの日にも、こうして村長宅《じたく》を振り返って眺めたのを思い出した。

魔族領と人類の勢力圏の間に果てしなく広がる不毛の地――沈黙の大地。

その沈黙の大地に、オアシスのようにぽつりと存在する緑豊かな山脈――魔の山がある。樹木が生い茂り、貴重な薬草や山菜の珍味などが自生するものの、人間種も魔族もまず近づかない。狡猾《こうかつ》で残忍なモンスターがひしめき合い、魔境とさえ呼ぶ者もいる魔の山は、一般的には未開の地だと思われているそうだ。

そんな険しい山の中腹に、シノビノサト村は存在する。

人口およそ百人。十五世帯と少なめで、平均寿命がかなり長いというのが特徴かもしれない。

また、木造の平屋に住み、着物《キモノ》という珍しい民族衣装を着ていることも大きな特徴といえるだろう。

不毛の大地と魔の山の樹海、強力なモンスターという三つの理由によって、外界から隔離されたような隠れ里だった。

――シノビノサト村の自宅を出た俺は、生まれてから十六年間ずっと住み続けた我が家を振り返った。

十数軒ある中で最も大きいが、大きいだけで村長宅といっても他の家と変わらない。

広い家に、これからジッチャンだけが寝起きするようになるのかと思うと、少し申し訳ない気がした。まだ見ぬ世界と冒険者に憧れがあっても、すぐには立ち去ることができないほどに。

背中には背負い袋があり、必要なものは全部入れてある。あとは、宗教都市ロウにいるジッチャンの知り合いである冒険者ギルド組合長《ギルドマスター》に会って、冒険者になるだけだ。

「村長様は納得してくれたの？」

振り返って家を見ていると、声をかけられた。

村の最高権力者である村長が不承不承《ふしょうぶしょう》認めてくれた旅立ちの日に、こんな気軽に話しかけてくる相手なんて一人しかいない。

「あぁ。一応――」

振り返るのをやめて前を向くと、声の主《ぬし》の予想外の姿に面食らった。

村には着物しかなく、幼馴染《おさななじ》みで同い年のこの少女も普段はそれを着ている。今身につけているレースやフリルのついた白いドレスは、彼女が幼い頃にここに越してきた際に着ていたものだ。

着物の襟《えり》や袖、裾にレースやフリルなどをつけて、上手い具合に仕立て直していた。

いつもは下ろしている桃色がかった金髪《ストロベリーブロンド》も、今はアップにして夜会巻きになっている。

「どうしたんだ、そんなにめかし込んで？」

驚きを露わにする俺に、彼女は髪と同じ色をした瞳を細めて、じとっとした視線を送ってきた。

「わからないの？」

「…………うん」

しばらく考えたが、さっぱりわからなかった。俺の知る限り、この少女――アイリーンがドレスを着ていたのは、越してきた初日だけだったのだ。ずっと大切にしまい込んでいたドレスを着る理由など思い当たらない。

「見送るのなら、一番自分がよく見える格好がいいと思って。どうせしばらく会えないし、覚えておいてもらうなら、綺麗な私がいいから」

女の子らしい台詞に、俺は照れて頰を掻きながら褒めた。

「そっか……。うん。よく似合ってるよ」

実際、アイリーンのスタイルには白いドレスがよく似合っている。逆に、着物はアイリーンには今一つ似合っていないように感じていた。おそらくアイリーン自身も、何年経ってもいまだに馴染めないのだろう。

「出発するのね」

「うん」

「さっきから、うん、ばっかりね」

からかうように言ったアイリーンは、不意に真顔になった。

「気をつけてね」

「大丈夫さ。俺の強さは知ってるだろ？」

「でも………」

今度は、アイリーンがなにを言いたいかわかった。

（俺の家族はジッチャンだけだもんな……）

母は病《やまい》で、父は冒険の旅に出てあっさり死んでしまった。もともと厭世的《えんせいてき》な祖父が、たった一人の肉親となった孫を外に出したくないというのも当然かもしれない。

「思いっきり釘を刺されたし、気をつけるさ。『できるかぎり危険なことはするな』『シノビの力は使うな』って。……村を出たら、少なくとも一般人の前じゃ、俺はただの盗賊だ。盗賊らしい仕事しかしないさ」

「うん。……でも、もし……もしもよ？」

そう前置きして、アイリーンはうるんだ瞳で見つめてくる。

「もし、本当に必要だと思ったら、シノビスキルもちゃんと使うのよ？　私、あなたに死んでほしくないの、絶対に」

心の底からそう思っていると感じられる台詞に、俺の胸が熱くなる。

「あぁ。約束するよ。『奪う者』としての力を、その時が来たら存分に見せつけてやるよ」

「『奪う者』か……」

アイリーンは遠い目をして、歌うように言った。

「『物を奪う盗賊。命を奪うシノビ。魂《たましい》を奪うフウマ。——盗賊、シノビ、フウマ、これら三つの職業の本質は、奪う者なり。だが奪い続ければ、自らの心さえも奪われる』だっけ」

村に古くからある伝承だ。「ちぃと」という力を使ってこの村を開拓したという俺の曾祖父が作ったものである。

フウマは曾祖父の名でもあり、彼の血筋でしかなれない特別な職業の名でもある。

そしてこれは掟であり、シノビノサト村の住人が外の世界に出て、みだりに力を使うことを抑止していた。

「正確には『魂を奪う』じゃなくて、『魂の位階を奪う』って言うらしいよ。語呂がいいからそう言ってるけど」

「そうなの？」

初耳だったらしいアイリーンは少し驚いた顔をした。

「まだまだ私の知らないことっていっぱいありそうね。それにしてもフウマ君は物知りだね」

「物知りはアイリーンの方だろうに」

好きな少女に褒められて照れた俺に、彼女は可愛らしく小首を傾げて尋ねてきた。

「ところで、物知りなフウマ君に聞きたいんだけど、――『魂の位階』ってなんのことなの？　もし部外者にも教えていいことなら教えてほしいわ」

部外者だなんてわざとらしく卑下《ひげ》するアイリーンに、俺は苦笑する。

「きみは部外者なんかじゃないよ。村の大切な住人で、俺の初めての友達だ。……けど、ごめん。俺もよくわからないんだ。……ジッチャンなら知ってるかもだけど」

聞こうか？というニュアンスを滲ませると、アイリーンは微笑んで軽く首を横に振った。

「いいえ。ちょっと気になっただけだから、別に気にしないで。……それより、私はあなたが旅立つ気になったことの方が意外だったわ」

「そう？」

「えぇ。……フウマ君は村の生活に満足していると思ってたし」

「うん。……確かにそうかもね」

旅立つきっかけになった出来事を、張本人である彼女に話そうかどうしようか迷った。

だが――そうすると、自身の気恥ずかしい誓《ちか》いと失敗についてまで話さなくてはいけなくなる。

だからこう答えた。

「アイリーンは外の世界の人間だろ？」

「えぇ」

「そんなアイリーンのことをもっと知りたくなったから、ってとこかな。……どんな場所で育ったのかとか、どういう人々がいるのかとか……」

アイリーンは納得していない様子だったが、最後には優しく微笑んでくれた。

「――私に隠し事なんて、フウマ君も成長したもんね」

顔は笑っているが、目の奥はちっとも笑っていない。旅立つ日になって初めて知ったが、意外と勝ち気なところもあるらしい。

「少なくとも一人旅できるくらいには成長したさ」

冗談めかして答える。

そうして、アイリーンだけに見送られ、俺はシノビノサト村を出発した。

シノビのスキルを禁じ、盗賊として。

これがシノビの掟とのギリギリの妥協点だった。

次期村長の立場にある俺がこうして村を出ることを、大半の村人はよく思っておらず、だから見送りもいない。

（……アイリーン……）

彼女のことを初めての友達だと言ったが、俺にとってもう一つ、彼女には大切な意味がある。

初恋の相手。

まだ恋という言葉も知らない幼い頃、見たこともないヒラヒラした変わった白い服——ドレスを着た少女が現れたのだ。黒以外の髪色を見るのも初めてで、最初は「これが伝承にある天使というものなのか」と半ば本気で思ったほどだ。

そして彼女が人間であると知った時、「絶対に泣かせない」という誓いを自らに立てた。

だが、その誓いは初日にあっさりと、俺の愚かな行動で破られてしまう。

初恋の相手である天使は、俺が何気なく連れて行った家畜の解体小屋で泣き出してしまったのだ。

彼女のために大きな家畜を潰すことになり、その立派な大きさをバラバラの細切れにされる前に見せてあげようとしたのだ。まだ村に馴染めていない彼女を、村人がどれくらい気遣っているかを伝えようとして。

結果は散々だった。

俺には、生きるために必要最小限の家畜を潰し、肉に変えるのは悪いことだという意識はない。いや、当時の俺には、そういう認識さえなかったと思う。家畜を潰すことも、掟に従うことも、一度も疑問を感じたことがないほど当たり前だった。

だから、家畜の解体小屋で泣き出したアイリーンを見た瞬間、まるで雷にでも打たれたかのような衝撃を受けた。

自分が当たり前と感じていたことは、当たり前ではないのかもしれない……外の世界にはいろいろな価値観があるのかもしれない……。そんなことに初めて気づいたのだ。

いうなれば俺にとって、ジッチャンが村の内を象徴する人物なら、アイリーンは村の外を象徴する存在になったのだった。

奴隷商館を振り返ったまま、シノビノサト村に思いを馳せていた俺は、視線を感じて顔を前に戻した。

すぐそばに、こちらを見つめる獣人の男がいた。

見たこともないほどごつい手枷《てかせ》で拘束されているにもかかわらず、力強い目をしている。勇者ほどではないが、かすかに強者の気配がした。

「名は？」

獣人の問いかけに俺は答えた。

「フウマ」

獣人の奴隷はそのままなにも言わず、じゃらじゃら、と手枷の鎖《くさり》の音を響かせて、奴隷商人風の男の後についていった。

第2章　奴隷商館襲撃

1

奴隷商館に併設された宿にリノを匿った俺は、足早に冒険者ギルドへと向かう。幼い魔族の少女を待たせないために。

冒険者ギルドは、奴隷商館と同じ区画にある。偶然ではない。奴隷商館は、奴隷が暴動を起こした際、冒険者が鎮圧しやすいようにと近くに建てられているのだ。

前方に高くそびえる宗教都市ロウの城壁に、何気なく目が向く。

いびつさが一切ない綺麗な円。

どんな人工物も自然物も、少なからず曲がっていたり歪んでいたりするものだ。美しく完璧さを感じさせる円を描く純白の城壁は、だからこそ不自然でいびつに思えた。

宗教都市ロウといえば塔と壁だ。

外と都市内を隔てる壁――外壁。そして都市内を同心円状に区切る壁――内壁によって、街は二つの区、一般区と宗教区に分けられている。

外周に当たる一般区の南側に、冒険者ギルドは立っていた。

今にも雨が降り出しそうな空の下、ワイバーンに続いて上位竜まで退治したためか、冒険者ギルド付近は人通りが多い。

人混みの中、危なっかしい足取りで歩く変な女がいた。

人通りが多くて歩きにくいことを差し引いても、やたらとフラフラしているのだ。道の端にある壁にぶつかりそうになったり、通行人に体当たりしそうになったりしている。

膝くらいまでありそうな長さの、青空の色をした三つ編みが揺れている。思わず「ほぅ」とため息をついて見惚《みと》れてしまいそうなほどの鮮やかな髪色だった。

一般的に、鮮やかな髪色は小神の加護の影響であることが多い。おそらく一般人ではないだろう。

(……ああ見えて、資質はあるのかもな……)

身長は低いのだが、高い三角帽子をかぶっているためけっこう目立つ。

帽子をかぶった頭が、目の前でフラフラしている。

少し前を歩く不安定な後ろ姿が気になって仕方なかった。

(……重そうな頭だ……)

三つ編みが微妙に曲がっているせいで体のバランスが取りにくいようだった。直していないところを見ると、おそらく本人は気づいていまい。

（まぁ、他にも原因がありそうだが……）

構っている暇はない。

ない。

ないのだが……。

（リノのこともあるし、勇者パーティーのこともある。けど……）

柄《がら》の悪い連中が多いこんな場所に、ふらつく女一人。その結果は、奴隷商館に売り飛ばされるか、冒険者たちに乱暴されるかの二択しかない。放っておくことはできなかった。

「はぁ……」

ため息をつきながら、倒れかかった女を支えた。

「大丈夫か？」

「………」

返事がない。

疲れきった目で俺を見つめた女は、グゥーとお腹を鳴らした。

正直、あんまりだと思う。

こんな失礼な返事をする女は放置しようかと思ったが、胸元に気になる記章をつけていた。

荒くれ者の多い冒険者ギルドを監査する役目を持ち、各上位組織から派遣される監査役の記章だ。

(こんな女が超エリートなのか……？)

冒険者ギルドの腐敗は甚《はなは》だしいが、それでも信じられないことだった。

「大変失礼なお願いなのですが――」

新任の監査役なら、冒険者ギルドの場所を知らなくても仕方ない。

「冒険者ギルドなら、こっちだ。俺も行くから一緒に――」

「――お金を貸していただけないでしょうか？」

うん。

やはり放置しておくべきかもしれない。

2

「あっ、待って！　待ってください！」

置き去りにした女に腕を掴まれても振り払うつもりだったが――

――いきなり腰に抱きつかれた。しかも半泣きで。

「待ってぇぇっ！　置いて、おいでがないでぇぇぇ……」

これまで、黒髪黒眼のせいで蔑《さげす》まれることはあった。

だが今、周囲から注がれる視線には、また違った居心地の悪さがある。

「……はぁ。わかったから離せ……金を借りたいのは腹が減ってるからか？」

ため息まじりに尋ねると、こくんと青色の三つ編みが縦に動いた。

自分とリノの分も含めて五本の串焼きを買って、女のもとに戻る。

「なぁ、なんで冒険者ギルドの監査役なのに金がないんだ？　普通、魔道士組合なんかの役員クラスがなるもんだろ？」

当然、金を有《あ》り余るほど持っている連中ばかりだ。青い髪から察するに〈教会〉関係者かと思っていたのだが。

「私、青魔道士なので」

「……あー……その、なんだ……」

非常に気まずい雰囲気になる。

人数の少ない青魔道士組合は、魔道士組合の中で最も力が弱く、金も権力もない。

監査役は、公平を期するため各魔道士組合から派遣するというルールが定められているが、青魔道士組合の監査役となると有名無実なのだ。

ぶっちゃけ押しつけられただけかもしれない。

青魔道士の女は、串焼きを両手にそれぞれ持って交互に食べ続けている。

が、目は死んでいる。

「いいんですよ？　『半端魔道士』と罵《ののし》ってくれても……魔道士系最弱職と嘲笑《あざわら》ってくれても……他の魔道士たちの半分の種類しか魔法が使えないって、ねぇねぇどんな気持ち？　ねぇどんな気持ちなの？　と煽《あお》ってくれても……」

「やめろ。淡々と自虐するのは」

いたたまれない気分になった俺は、雰囲気を変えるため髪について質問した。

「これ、長いな」

「はい。……母が長かったので」

「…………」

「…………」

「あー……お袋さんは元気なのか？」

「子供の頃、二人旅していて、野盗に襲われて殺されました」

「…………」

「水産都市エレフィンに行く途中で」

「あー……魚介類が美味いらしいな。ここからだと遠いのが難点だが」

大陸中央にある宗教都市ロウから見て、最も遠い都市だ。

水産都市エレフィンの長所は、港を利用して別の大陸と貿易ができることと、海産物が豊富なことくらいか。

「母は優れた青魔道士でした。私をかばいながら野盗たちに二度も〈乱水飛沫《アクア・スプラッシュ》〉を叩き込んで……」

「そいつは凄いな」

〈乱水飛沫《アクア・スプラッシュ》〉は青魔道士の最上位魔法だ。

非力とされる青魔道士の攻撃魔法の中では最強。赤魔道士の中位魔法に匹敵する。

十から二十の小さな水の弾丸をばらまく魔法で、一つ一つの威力は〈小火弾《ファイヤー・ブレット》〉に劣るし、大雑把な狙いしかつけられない反面、集団に襲われた時などには便利なのだ。

「なんていう野盗団だったんだ？」

それほどの青魔道士を倒したとなると、それなりに名が通った野盗団だったのだろう。

「わかりません」

「ん？　ああ、子供の頃のことだしな」

「いいえ。野盗たちは捕まらなかったんです」

違和感がふくれ上がる。

眉根を寄せる俺を気にした様子もなく、女は串焼きを食べている。

「……一人もか？」

「はい」

「〈乱水飛沫《アクア・スプラッシュ》〉を二回も使われたのに、野盗たちには死んだ者も行動不能になった者もいなかったってことか？」

「そうです。十人ほどいた野盗たちは、母の魔法を受けても襲いかかってきて、母も私も……」

野盗たちの実力は、ピンキリだ。

強い奴もいれば弱い奴もいる。全員がそれほどの腕を持っていたなど、偶然ではあり得ない。

同じような芸当ができるのは、どこかの国の正規軍か、名の知れた傭兵団か、どこかの巨大組織の私設部隊か、そんなところだ。

串焼きを頬張りながら涙ぐむという器用な真似をしている女は、その不自然さに気づいていないらしい。

「二人旅って言ったよな？　誰か駆けつけてくれたのか？」

「いえ」

「じゃあ……」

こちらの疑問を感じ取ったらしく、女は答えた。

「母が覆いかぶさるようにかばってくれて。……私も胸に傷を受けたけど、母のおかげで浅かったみたいで……」

（あり得るか……？）

自問する。

回答は、あり得ない、の一択だ。

野盗たちがザコが一人もいない手練れ揃いだったという点も。

そんな奴らが、襲った相手が死んだかどうかも確認せず去ったという点も。

どちらも普通では考えられない。

（最低でも、娘にもすぐ死ぬような致命傷を与えたはず。……もしくは、この女は生かされた？

だが、生かすほどの価値があるようにも見えないし、大きな組織が接触している雰囲気もない）

「すごく痛かったけど、母が『いたいのいたいの、とんでゆけ』って言いながら胸を撫でてくれたら……」

串焼きを食べる手を止めた女は、空を見ながら遠い目をした。

「……すごく楽になったんです。胸がぽかぽかして……すぅっと痛みが和らいだみたいで……」

意味不明なことを言う女は、また串焼きを食べ始めた。俺とリノの分である三本目と四本目だった。

3

最難関ダンジョン内の、断崖絶壁に沿うようにできた小道の先。そこには大きな空洞が広がっていた。

空洞から通路への見通しはよく、モンスターの接近に気づきやすい。そのため、行きでも盗賊の提案で休息をとったスポットだった。

勇者パーティーは今、そこで思い思いの方法で体の疲れをとっていた。

大きな石に腰かけたエリーゼは、髪についた煤や土埃を、濡らしたハンカチで丁寧に拭っている。

(どうせまたすぐ汚れるわね……)

そうわかっていても、薄汚れたままでいることは容認できなかった。一人の若い女としても、上位聖職者の令嬢としても。

再び魔法の水袋を傾け、溢れ出す飲料水でハンカチを濡らす。

こぼれた水が、ダンジョンの床に大きな黒い染みを作った。

魔法の水袋は、その外観の十倍ほどの水を詰めておくことができる貴重なマジックアイテムだ。

しかも、重量は魔法の水袋自体の分しかないという優れもの。黒髪の盗賊が持っていた普通の水袋とは次元が違う性能だった。

非常に高価なものだが、勇者パーティーの三人は全員が所持していた。

「……ひゃっほーぅ！　いやぁ！　気っ持ちいいぜ！」

勇者アレクサンダーは、頭上で魔法の水袋を逆さにして、飲料水をシャワー代わりにしている。

「がらがらがら……ぺぇーっ！」

何度目かのうがいをしたフェルノも煤けている。

最前線で火系統の魔法を使用していた彼女は、髪の汚れより喉のいがらっぽさが気になるらしい。顔も拭かずうがいを始めたのは、ただ単に女らしさが少々足りないせいかもしれないが。

「ふぅ……腹減ったな」

さっぱりした様子のアレクサンダーは、一度頭を振って水滴を飛ばした。

エリーゼも自分の空腹に気づいた。

金銀財宝を手に入れて持ち運んでいるという高揚感と、何度も卑劣な盗賊の毒ガストラップに引っかかったという怒りで、空腹を忘れていたのだ。

食べかけの干し肉をポケットから取り出し、アレクサンダーはガツガツと食べ始める。

エリーゼはふと気づいた。

（……私《わたくし》、干し肉、もう持ってなかったわね）

干し肉は生臭くはないのだが、独特の臭気がある。せっかくの衣服や持ち物に臭いがつくのが嫌で、すべてあの盗賊に渡していたのだ。

アレクサンダーと違って食べかけなども持っていない。

「……フェル。悪いんだけど、干し肉を分けてくれないかしら？」

「わかったー」

返事をして、自分のしぼんだ背負い袋を見たフェルノが、申し訳なさそうな顔をしてエリーゼを見た。

「そーいや……落としたんだった」

「財宝だけでなく？」

背負い袋の中身をひっくり返すフェルノ。

驚くほど内容物は少ない。

やはり干し肉はなかった。

「はーっ！　食った食った、って言いたいとこだが、まだ腹が減ってんなぁ……。おい、エリーゼ。フェルノでもいいが、食べ物出してくれ」

食べることに夢中で話を聞いていなかったらしい勇者が命じた。

冒険者の携帯食料は干し肉がメインだ。あとは現地調達が基本。

勇者パーティーは食料を十分に持つ習慣がなかったため、出発前に盗賊の申し出を断って、いろいろな食料を買い込まなかった。

その際、アレクサンダーは「ピクニックに行くんじゃねぇんだぞ！」と怒鳴り、フェルノは「おやつくらい許してあげたらぁ～？」とバカ笑いし、エリーゼは「……素人くさい」とぼそっと呟いた。

てっきり誰かが食料を持っていると当てにしていたエリーゼは、現状がかなりマズいことに気づいた。

おそらく勇者もフェルノも「他の二人が持ってるに違いない」と思い込んでいたのだ。

こういう誰かがすべき雑用は、あの盗賊の担当だった。

「……勇者様」

手を伸ばしたまま笑みを浮かべている男に、エリーゼは丁寧に話しかけた。激高する可能性があると思って。

「食料が……もう……ないのです」

「ない？　なんで？」

まだ現状を理解できないらしいアレクサンダーはキョトンとした。

「……その……」

エリーゼが言い訳する前にフェルノが叫んだ。

「あーっ！　あの黒髪野郎のせいだよっ！」

「なにィ？」

「アイツが食料を一人占めしたんだ！　――そうだ！　エリーゼなんか全部あいつに持たせてたよね！　ちゃんと返してもらった？」

記憶を振り返ってみると、返してもらった覚えはない。

というか、金銀財宝をめいっぱい詰め込もうとしていたので、仮に干し肉を手渡されたらその手を弾いたに違いない。

まぁもっとも、盗賊はひどくショックを受けたらしく、とぼとぼと去って行っただけだったが。

「なるほどなっ！」

腕組みしたアレクサンダーは大きく頷いた。

「なら仕方ないさ！　さっさとこのダンジョンを抜けるぞ！　俺たちならきっとあと二、三日で抜けられる！」

希望的観測がまじっているが、そこまで的外れではない。

このダンジョンは、熟練パーティーなら五日ほどで抜けられる。

万全の状態の勇者パーティーなら、最悪でもあと四日で脱出できる計算だ。

(……大丈夫……かしら？)

エリーゼが内心の不安を持て余す中、アレクサンダーは魔法の水袋を取り出した。

「しゃーねぇな、水で腹を膨《ふく》らませるか……」

魔法の水袋を傾けたアレクサンダーは、舌を突き出した滑稽《こっけい》な姿で固まった。

「……ありゃ？　もうねぇのか？　ちっ。……高価なクセに役に立たねぇなぁ……まるで冒険者ギルド組合長《ギルドマスター》の肝入りで派遣されたクセに、結局ろくに役立たなかったカス野郎にそっくりだぜ」

（食料どころか、水も……ないの？）

飲まず食わずで戦闘を繰り返し、傾斜を移動する。

空腹と疲労で移動速度が落ちれば、当然脱出までの日数はさらに延びる。

（幸いモンスターはザコばかりだけど……）

体が弱れば、なんらかの致命的な判断ミスを犯す危険性も高まる。

「フェルの水、飲むぅー？　まだ結構あると思うよー？」

魔法の水袋を差し出すフェルノに、勇者は手を伸ばす。

魔法の水袋は、重量に変化がないため持ち運びが楽で、あの盗賊の持つ水袋より優れていると思っていた。欠点などない、と。

しかし、一つだけ問題があったのだ。残りの水の量がわからないという問題点が。

（組合長《ギルドマスター》は、こういう時の補助のためにアイツをつけたの？）

黒髪野郎と罵られ、役立たずだと思われていた彼だったが、こういう時、どこからともなく水を運んできたり、食べ物をとってきたりすることができた。

例えば、このダンジョンには、先ほどフェルノが金銀財宝を落とした急流が存在している。どこかに水場がある確率は高い。

問題は、そんな不確かなものを適当に探したりすれば、道に迷ったり、さらに水を消費したりするリスクがあるということだ。

「ヤダぁ！　アレクと間接キスしちゃったぁ～！」

「ハハッ！　今更なに言ってやがる、このビッチめっ」

勇者とフェルノがバカ笑いしている中、エリーゼはかつて〈治癒神の御手教会〉の上位聖職者の娘として、奴隷の斡旋事業を手伝った時のことを思い出していた。

ある時、暑い時期に工事の完了を早めるため、三日ほど飲食物を与えなかった際、奴隷たちが大量に死んだことがある。

またある時、あえて塩と水だけを与えて奴隷をこき使った際、それなりに長生きしたエルフや魔族がいた。

そのことから、エリーゼは食料や水の重要性を理解していた。

「塩分も取れる干し肉は便利だ」という盗賊の言葉にだけは、彼女も同意したのだ。

エリーゼは、自分のしっとりと濡れた髪を、神経質な手つきで何度も撫でた。

丁寧に飲料水で拭ったため、もう土埃も煤もまったく見られなくなった青い髪を。

今更ながら、ここがダンジョンだと痛感したのだった。

4

冒険者ギルドで組合長《ギルドマスター》に会う件は空振りに終わった。代わりにサブマスターに伝言を託した俺は、その際、例の変な青魔道士に勇者パーティーの一員だったことを知られた。

「……勇者パーティー、だったんですね……」

青髪の女の、どこか非難するような視線に戸惑いつつも、俺は否定の意味を込めて首を横に振る。

空色の前髪の下から覗く青い双眸は、シノビノサト村のジッチャンほどではないが、俺から見ても油断できない光がある。

少なくとも、初対面でお金を貸せだのお腹が減っただのと言ってきた女とは、別人に見えた。

「元だ……も、と。……今は追放された身だ」

自分で言って悲しくなった。

「というか、なんか雰囲気変わってないか？」

「…………。可愛く見えるってことですか？　新手のナンパですか？」

「ごまかし方が雑だぞ」

最初はヘンな女だと思い、しばらく一緒に過ごすうちに、非常にあり得ないほどヘンな女だと確信した。

だが、その確信が揺らいでいる。

（……ヘンな女が素かどうかは別にして……確実に面倒な女だよな、……そういや）

野盗団に見せかけた連中に襲われたという話。最上位魔法を叩き込まれても誰一人欠けることなく襲ってくる、ガッツある野盗団などいるはずがない。あれも得体の知れない面倒な話だ。

「〈小水球《ウォーター・ボール》〉」

女の魔法によって、突如、彼女の顔の前に水でできた手の平サイズの球体が浮かぶ。女はそれに口をつけて、これ見よがしに串焼きのタレでテカっていた口元を洗い出した。俺の質問をごまかしているつもりなのだろう。

俺もこれ以上関わりたくなかったので、なにも見ない振りをした。

（……リノ、……待ちくたびれてたり、怖がってたりしてないといいけど……）

幼い魔族の少女を思い浮かべる。

（……いや。さすがに怖がってるか）

宿屋とは名ばかりの監獄のような部屋。壁も扉も分厚いが、それでも周囲からの泣き叫ぶ声がそれなりに響くはずだ。

奴隷たちのことを考えていると、いつの間にかリノのいる部屋の鍵を握りしめていた。

いったいなにをしたいのか、なにをすべきなのか、よくわからない。不甲斐なさにイライラする。

シノビの掟は守るべきだ。盗賊として振る舞うと、ジッチャンとも約束した。危険な真似をしないとも。

それでも――。

迷いを抱えたまま、奴隷商館の多い地区に入ると、手枷足枷をつけられた魔族の少女やエルフの女などと何人もすれ違う。その傍らには必ず、屈強な男か歴戦の強者を思わせる魔道士がいた。

初めて見る光景でもないのに、胸が痛んだ。

「……奴隷商館に御用ですか？　奴隷をお求めで？」

どこか抜けた雰囲気だったくせに、今は射るような視線を送ってくる女青魔道士。

「悪いか？」

「いいえ。……黒髪の人はまったく女にモテませんから」

「まぁ、薄汚い色だって嫌われてるからな」

奴隷商館に併設された宿に入ると、フロントは俺の顔をきちんと覚えていたらしく、無言だった。

俺はすたすたと廊下を歩く。あまり長居したい場所じゃない。

なぜか女も後をついてきているが、無視した。

ずっと握っていた鍵で、リノのいる部屋の扉を開けた。

「リノ……、大丈夫だったか？」

やっぱり怖かったのか、飛び出すように出てきた幼い魔族の少女に問いかけると、健気《けなげ》に首を横に振った。

「……だい……じょぶ……」

俺とリノが微笑ましい雰囲気に包まれている中、ドゥガガガガガガッ、と次々になにかが激突する激しい音がした。

すぐ隣で。

騒音を生み出した正体は、あの女。〈乱水飛沫《アクア・スプラッシュ》〉で破壊し切れなかった扉の分厚さを罵り、歪んだ青い三つ編みを揺らして、さらに朗々と唱え始めた。

「〈水の小神〉の加護よ、私に力を与えたまえ！　――〈青乱水濁流《アクア・ストリーム》〉！」

聞いたことのない魔法に、制止しようとした俺の動きが止まる。

青魔道士の最上位魔法であるはずの〈乱水飛沫《アクア・スプラッシュ》〉より明らかに強力な魔法が、折り畳み式の杖《スタッフ》の先端にある青い宝石から放たれていた。

〈乱水飛沫《アクア・スプラッシュ》〉が点なら、〈青乱水濁流《アクア・ストリーム》〉は線。

一度直撃しただけでは飽き足らず、そのまま貫通するまで魔法は持続した。

青魔道士の最上位魔法を超える、でたらめとも思える威力だった。

俺のシノビスキルや、ダークエルフのオゥバァのスキルらしき技に通じるものを感じた。とはいえ俺やオゥバァよりは弱いようだが。

青魔道士の女はさらに〈乱水飛沫《アクア・スプラッシュ》〉を連発する。次々に破壊されていく鉄板入りの分厚い扉の向こうから顔を出したのは、エルフの少女や魔族の子供たち。若い女もいたが、リノと似たような年格好の子供も多い。

女を制止しようとした俺は、湧き上がる激情に戸惑う。

「──みんな！　逃げろ！」

とっさに口をついて出た言葉に、我ながら心底驚く。あの女の動きを察知しながら止めなかったのは、俺自身こうしたかったからなのかもしれない。

「……テッ、テメェら！」

フロントにいた男が、ガタイのいい用心棒らしき男たちを引き連れて駆けてくるのが見えた。走りながら叫んでいるので舌を噛みそうになっている。

「わかってんのかッ!?　わかってんのかあぁッ!?　ここは〈治癒神の御手教会〉の認可店だ！　王家の許可だって取り付けている！　すぐさま隣にある奴隷商館から大勢の凄腕《すごうで》が駆けつけてくるぞ！　冒険者ギルドからもだ！」

男の言葉通りだ。

まだ姿こそ見えないが、こちらに接近する大勢の気配を感じる。

こういう時に逃走しにくいように、あえて廊下を狭く作ってあったのだろう。

俺とリノとあの女の三人は、小さな子供たちの頭越しに奴隷商館側の連中と睨み合うという、かなり最悪なポジションになった。

駆けつけた奴隷商館側の人間は、剣士や槍使い、拳闘士風など。他にも赤魔道士、茶魔道士、緑魔道士が揃っている。後衛には、かなりの手練《てだ》れと思《おぼ》しき癒し手が複数いて、いつでも癒しの奇跡を使える準備を整えていた。

見れば、フロント前の少し広い空間には、弓兵まで二列横隊で展開している。いないのは、戦闘力が低くて不人気な青魔道士と盗賊くらいだ。

「やれ！　そいつらを取り押さえろ！　さっさと鎮圧しないと〈治癒神の御手教会〉の認可が取り消されちまう！　だいたいどいつがこの騒ぎの首謀者だ⁉」

「彼です！」

ビシッ、と俺を指さしたヘンな女――いや、もう「ヘン」だの「失礼」だのといった言葉で済まされないことを仕出かしてくれた女は、すべての罪をなすりつけてきた。

俺は天を振り仰いだ。

見えたのは汚れた低い天井だけ。

勇者パーティーを追放された時、どん底だと思った。

だがその底には、さらに底があったのだ。

もしかすると人生に底などないのかもしれない。

（落ちたのなら這い上がればいいだけだって言うけど、加速度的に落ち続けているこの状況じゃあ、

這い上がるチャンスは待ってても訪れそうにないな）

そういえば、ここの天井はアーチ構造の煉瓦《れんが》だな。それなら——、と脱出経路を考えながら顔を前に戻す。

「……違う。この騒動を起こした原因は、俺を指さしているバカ女だ。けど……こうなった以上は俺も全力で逃げさせてもらう。——全員でな」

強固なはずの扉を破壊しまくったこちらを相当警戒しているらしく、取り囲むだけで動かない男たちの中、俺は青魔道士の女の恐怖が滲む表情を見て、ため息をついた。

女の行動は衝動的なものだったのか、こうなるとは予想していなかったらしい。もしくは、元勇者パーティーである俺に罪をなすりつけてどうにかするつもりだったか。

俺は〈手刀〉を放った。

鋭利さのみを追求した一閃で、天井に切れ目を入れる。

ガキッ……！

と、天井の煉瓦が嫌な音を立て、ぱらぱらと煉瓦の破片や土埃などが降ってきた。次の瞬間、いきなり大量の煉瓦が落ちてくる。

（出火にも対応した煉瓦造りが仇《あだ》となったな……）

奴隷たちとの間に、重い天井が落下してきたのを見た敵は、慌てふためいて後退した。

「こっちだ」

俺は〈手刀〉を壁に放ち、即席で大きな出口を作った。ちょっと不格好なのは勘弁してほしい。

広いから大勢でも楽々通れるし、上手く不意を打てたので、逃げるのは楽勝だろう。

5

食料が尽きてから三日が過ぎた。

水も、勇者の分は三日前になくなり、エリーゼの分も、長い髪を洗うのに使用したためその翌朝になくなってしまった。幸いフェルノは洗髪などに無頓着だったのでかなりの水が残っていて、それで三人の命を繋ぐことができた。

水と金貨を同じ重さで交換するという屈辱さえなければ、エリーゼとしてはまだマシな展開だった。喉の渇きを訴えて死ぬ惨《みじ》めさは、奴隷たちの実験でよく理解していたから。

だが、その水ももうない。

縫い直したフェルノの背負い袋には、今はまたそれなりの金貨が詰まっている。

初めはそんなふざけた交換レートに腹を立てていた勇者も、連戦と疲労と空腹から、背中にずっしりくる財宝をよほど煩《わずら》わしく感じていたらしい。ストレスの発散に水をがぶ飲みし、空腹をまぎらわし、金貨を浪費しまくって、背負い袋を軽くしていた。

（私《わたくし》はさすがに、そうは……いかないわね）

背中の財宝は、上位聖職者である父が〈治癒神の御手教会〉でトップの地位に就くために必要なものだ。だからこそ娘のエリーゼがこんなダンジョンの奥深くまで来て、名声と一緒に手に入れたのだ。

一度は通った道というのも、心理的な負担を減らす効果があったのだろう。四日かかると思ったダンジョンは、三日で脱出できそうだった。フェルノの魔力が切れた辺り――ダンジョンの半ばほどから、毒ガストラップがなくなったのもよかった。

トラップもなく、モンスターもザコばかり。

ただし、そんなザコモンスター相手でも、へろへろになった勇者の剣はたびたび外れることがあった。

王家から貸し出された伝説の英雄の剣を初めて弾き飛ばして地面に転がしたのは、子供くらいの大きさのカエルのモンスター――

――ではなく、そのザコモンスターのすぐ背後にあった、ただの岩壁だった。

まさかこんなことになるとは、きっと過去の英雄も宝剣を貸し出した国王も想像さえしなかったに違いない。

「づ、つきました……げほっ、がはっ……！」

喉が渇き、痛い。

ガラガラになった喉の奥から絞り出された声は、麗《うるわ》しい美声と言われた面影《おもかげ》もない嗄《しわが》れたものだった。

エリーゼは喉の痛みに顔をしかめながらも、勇者を振り向く。

勇者は剣を杖代わりにし、もう片手にはしっかりと金銀財宝の詰まった手提げ袋を持って移動していた。

前方から差し込む外の光に、勇者は目を細めた。

「通路がえらく狭いな？」

罠を警戒している彼を見て、この大きな苦難を乗り越えた勇者が、またひと回り成長したことをエリーゼは実感した。

「はい。……行きは、通路の両端にこんな土砂が積もっていることはありませんでした」

通路の両脇には、粉々になった岩を強風で端に吹き飛ばしたかのような跡があった。

ついでにいえば、ゴーレムを動かす魔力核を破壊した時に残る魔力の残滓《ざんし》のようなものを感じたが、そんなバカでかいゴーレムがいるはずもない。疲労のため誤認してしまったのだろうと首を振った。

「……うっぷ」

フェルノは完全に無口になっていた。

ときおり、あまりの疲労からか吐くものなどないのに、嘔吐《おうと》するような仕草をした。

今も地面に両膝と両手をついて俯いている。

もう少しで外に出られるというのに、喜びより疲労が勝っているのだろう。魔力が回復する端から火系統の魔法を使ったのだが、モンスターに最後に当たったのは二日も前のことだ。狙いがまともに定まらず、歩くのさえやっと、という状態なのだ。

（……あれでも、それなりにお嬢様育ちだものね）

ゴーレムの魔力核と一瞬誤認してしまった物によって狭まった通路の中央に、一匹のモンスターがいた。

これまで幾度となく狩り殺したオイルスライムだ。

移動速度が遅く、攻撃手段も貧弱。特徴といえばよく燃えるだけというザコモンスター。

「ちっ……」

杖代わりにしていた剣を振り上げた勇者は、一歩一歩オイルスライムに近づく。

「てりゃ……」

ガツン。

狙いがそれて、オイルスライムの横の地面を思い切り叩いてしまった勇者。

手がしびれたらしく、剣を思わず手放してしまう。

ガ……ラララン……。

と、伝説の英雄の剣が足元に転がる。

オイルスライムは苔《こけ》や虫の死骸を捕食する時のように、ゆっくりとした――スライム種としては全速力に近い――動きで、勇者の足に迫った。

オイルスライムを踏んづけたせいか、勇者は上半身のバランスが大きく崩れ、見事に後頭部から地面に転んだ。

ちょうど凸凹《でこぼこ》した地面の出っ張りに後頭部をぶつけたらしく、顔をしかめた勇者だったが、しばらく頭を押さえて呻いた後、剣を拾おうと手を伸ばした。

だが、知性のないオイルスライムがそう狙ったわけでもないだろうが、偶然にも粘性の体が剣の柄の上にあった。

オイルスライムにはよく燃えるという以外にも、他のスライム種に比べてぬめぬめして滑りやすいという性質がある。はっきりいって戦闘ではまったく役に立たない性質のはずだった。

「お……？　くそっ！　……な、なんで⁉」

初めてそのオイルスライムの第二の性質を味わった勇者は、手が滑って剣を何度も取り落としてしまう。

「ぐわぁぁぁあああ！」

勇者の口から苦悶《くもん》の声が漏れる。

見ると、右の足首の辺りから小さな煙のようなものが上がっている。スライムの持つ溶解能力によって、溶け出しているらしい。

さっきからずっと接触していたのに、今頃になってダメージを負ったのは、勇者という職業による能力補正の高さと、武装によるところが大きい。剣には及ばずとも、鎧なども一級品なのだ。

勇者による最難関ダンジョン攻略というのは、王家や〈治癒神の御手教会〉、赤魔道士組合――ついでに冒険者ギルド――という大組織の協力による一大事業なのだ。

その旗印ともいえる勇者が、オイルスライムにやられている。

オイルスライムはザコモンスターだ。密集していれば、フェルノの魔法の一撃で一掃できるほどの。

目の前の光景に呆気にとられていたエリーゼは、勇者の悲鳴を聞いてしばらくしてから、やっと動き始めた。

勇者と同じく彼女の疲労もピークに達していた。いや、冒険者として鍛えていたからまだ気合いで動けるが、もうとっくに肉体の限界を突破していたかもしれない。

（まさか……S級ダンジョンの最大の難関が、スライムになるなんて……）

このことは決して、冒険者ギルドにも、〈治癒神の御手教会〉にも、民衆にも知られてはならない。

ダンジョンの最奥や出入口付近で、最も強力な敵と遭遇するという話はよくある。

だがそれがオイルスライムであるなど、許されることではないのだ。

フェルノもやっと事態に気づいたらしく、長い杖を振り上げてよたよたと参戦する。

三対一での戦闘。

結果は言うまでもないだろう。

6

奴隷商館に併設された宿を一軒とはいえ襲い、さらった商品の数は全部で二十三に上る。

労働力として利用価値が低い子供の奴隷が多かったし、最も高値のつく美しい女奴隷もいなかった。

エルフの女はすべて美女といえなくもないが、エルフの基準でいえば、そこそこ程度の価値しかない。

しかし、いくら金銭的価値が低かろうと、奴隷商、そして公然と奴隷売買をバックアップしている〈治癒神の御手教会〉は、メンツを完全に潰されたのだ。

それなのに大した対応を取らなかったことに、俺は驚きを覚えていた。

俺たちは今、宗教都市ロウに潜伏して三日目の朝を迎えていた。

盗賊の最上位スキル〈潜伏〉。それは、そこそこの冒険者相手にもまったく気づかれずに街中ですら活動できるという、有用なスキルだ。

そして、さらにその上位互換に当たるシノビの〈隠形《おんぎょう》〉は、それより遥かに効果的だった。

一度の持続時間や気づかれにくさも違うが、最大の相違点は効果範囲。俺の〈隠形〉は今、街外れにある一軒のあばら家を丸ごと隠している。

元は奴隷用の家――というか奴隷を置くための倉庫だったようだ。壁のあちこちが崩れ、天井にまで穴が開いて、家屋としても倉庫としても役立たなくなり、放置したらしい。

奴隷商は、開業資金があまりかからずに、一発逆転を――旨味のある奴隷の捕獲にさえ成功すれば――狙える仕事なので、ろくな知識を持たないごろつきの類がよく始めるのだ。

当然商売のイロハもわからない連中なので、〈治癒神の御手教会〉などからいいカモにされる。ロイヤリティだのなんだのと尻の毛までむしり取られて、唯一の財産だったボロ家を手放したりする。

「さすがは勇者パーティーの一員ね。凄いスキルだわ」

「元だ、元。……いい加減わかってほしいな、セーレア」

何度繰り返したかわからない訂正を、青魔道士の女――セーレアに行う。

名前を聞いたのはなんと昨日。一緒に逃走して二日目だ。しかも教えてくれたのはリノだった。

どうやら俺のことは、いまだに勇者パーティーの一員と認識しているらしく、距離を取られている。

しばらく過ごしてわかったが、セーレアは〈教会〉に恨みを抱いているようだった。

そして、〈教会〉の要職にある男の一人娘が勇者パーティーにいることなどから、勇者パーティー全員にも不信感を抱いているらしい。

俺に同行しているのも、元勇者パーティーの俺を通じて何か〈教会〉の弱みなどを握れないかと考えているためのようだった。明らかに観察したり、警戒したりしている。

奴隷商館襲撃事件の主犯を俺に押し付けたことといい、きっと〈教会〉に対する恨みは相当深いんだろう。

（これで俺の予想が見当違いで、勇者にセクハラされた恨みとかだったら笑えるんだが……）

おかしな性格を除けば、美しい青髪の似合う、勇者好みの美女と言えなくもない。口が裂けても美女だと言ってやるつもりはないが。

「食料、どうするかな……」

頭を悩ませている問題が口をついて出た。

二十人分以上もの食料を用意するのは容易なことではない。近隣の野草だの小動物だので飢えを凌《しの》ぐのも、そろそろ限界だった。

商店には手配書が出回っている可能性があるし、大勢の奴隷をぞろぞろ連れ歩けば目立つに決まっている。

俺だけならば、〈潜伏〉などを使用して顔を隠せば、市場で買い出しができるのだが。

「この場の〈隠形〉を維持しないといけないし……」

〈隠形〉は、壁と同じ色の布をかけてその隙間に隠れる、などという術ではない。シノビの立派なスキルだ。

勇者のスキルが一時的に超人の領域に足を踏み入れることができるものであるように、このシノビスキルも他者の認識を大きく狂わせるという強力な効果がある。

弱点としては、物理的にどうこうしているわけではないため、スキルを使用している本人が移動すると周囲から丸わかりになるという問題がある。

〈隠形〉の使用者と一緒に、二十三人の奴隷とリノたちを連れていく方法もあるにはあるが、それはさすがに無茶だろう。

シノビノサト村で飼っている忍犬を呼び出すという選択肢もあるが、手が足りないほどの事態に陥っていると、村の皆に気づかれてしまう。最後の手段とすべきだろう。

「夜、閉店間際の商店を訪れてみれば」

意外なことにセーレアから助言があった。一応奴隷たちのことを気にかけてくれているらしい。

「夜……閉店間際か……」

おそらくセーレアは逃亡生活などの経験があるのだろう。確かに、暇な昼間ならともかく、店じまいで忙しい最中に客の詮索をするような店主はあまりいないと思われる。

それに夜間であれば、この街外れのあばら家まで調べに来る可能性は低い。

夜に〈隠形〉を解き、俺が商店に向かうというのはいい考えだった。

「ありがと」

「別に……」

ちらりと視線を向けると、こっちを向いていた顔をそらされた。

「なぁ、どうして奴らは本腰を入れて探さないんだろうな？」

「私にわかるはずないじゃない」

「それもそうか。まぁ、しばらくここに隠れているしかないか……」

悲観的にならない理由が一つある。

それはパレードだ。

最難関ダンジョン攻略が成功した場合、勇者たちの凱旋《がいせん》を祝うパレードが行われる予定なのだ。

おそらくこっちが手薄になっているのも、それが大きな理由の一つだろう。

パレードは、勇者とそれをバックアップする三大組織、〈治癒神の御手教会〉、赤魔道士組合、王家の威信を示すものである。できるかぎり大勢の目に触れるように、三大組織は動いているはずだ。いつもはそれなりに厳しく入出を管理する城門も、警戒が甘くなるに違いない。そこが狙い目だった。

セーレアとの話し合いが一段落すると、突然、女奴隷の一人が「勇者様！」と叫んできた。

唐突な呼びかけに、俺とセーレア、リノの視線が女に集まる。

しかし、唐突と思ったのは俺たちだけで、奴隷たちはそうではなかったらしい。口々に「勇者様！　勇者様！」と叫んでいる。

いったい、なんのことだ？

戸惑ったが、彼らが俺を囲み、平伏して拝み出したことで、段々と状況を理解できた。

「勇者様！　勇者様！」

あられもない格好のエルフの女や年端《としは》も行かない魔族の少女など二十三人が、俺に平伏して叫んでいる。

モンスターに囲まれても、ここまで威圧感を覚えたことはない。

みんな泣いているし、懇願している。

（てか勇者って……）

「勇者様！　我らをお救いくださった勇者様！　どうか我らのために立ち上がってください！」

「勇者様ならきっとすべての奴隷たちを解放できます！」

「貴方様ならば、きっと……！」

「我らはこの三日間話し合い、皆、解放者である勇者様に従うと決めました！」

落ち着けと手振りで示しながら、俺は自分の顔が引きつるのを感じた。

（というか、勇者って呼ばれるのは落ち着かない……むしろ「薄汚い黒髪の盗賊野郎」って呼ばれ

た方が落ち着くかもしんない）

なんとも悲しい習性を嘆きながら口を開く。

「……待ってくれ。俺は勇者じゃない」

「では、なんとお呼びすれば？」

「フウマでいい」

しかし、呼びかけが「フウマ様」に変わっただけで、平伏する姿勢は変わらない。居心地の悪さに視線をさまよわせた俺は、セーレアの意地悪そうな、おかしそうな表情も気になったが、それ以上にリノの様子が気になった。

リノはなにやら考え込んでいるようだった。

「リノ……？」

「フゥ……マ。たすけ……られる？」

誰を、と尋ねる必要はないだろう。奴隷たちは「他の奴隷も助けてほしい」と訴え続けている。

（食料の調達のついでに……やってみるか？）

夜はシノビにとって最も有利な舞台だ。大っぴらに行うのではなく、バレないように行動するのであれば、ジッチャンとの約束も掟も破ったことにはならないだろう。

「……確約はできない。食料調達のついでに、無理のない範囲でなら……やってみる」

「ありがとうございます、フウマ様！」

一人が叫ぶと、他の奴隷たちも「ありがとうございます！」と唱和した。

7

〈治癒神の御手教会〉に所属する癒し手たちは、一般的には慈悲深い存在だと思われている。

理由は単純――彼らは戒律によって、自らが攻撃魔法を習得しようとすることを禁じているためだ。

「外には厳しく、内には甘い」と言われる〈治癒神の御手教会〉にしては珍しく、この戒律を破った者は、最低でも多額の罰金と強制労働、その上破門となった。中には、強制労働という名の拷問にかけられて死ぬ者もいた。

そんな〈治癒神の御手教会〉の総本山が、宗教都市ロウ――特に二重の城壁の内側にある宗教区だ。中央には〈天雷の塔〉。その周囲には広大な庭園と巨大な教会、そして一部の選ばれし信者たちの居住区が広がっている。

今の薄汚れた格好を見られるのを避けたかった勇者パーティー一行は、食堂や宿に寄らず、まっすぐ宗教区に向かった。

正直にいえば、三人とも空腹や疲労などが限界に近かったが、自分たちを散々トラップにはめた黒髪の盗賊への怒りで乗り越えた。

「無駄に広い庭園よね。——それにしても！　あの衛兵、絶対後悔させてやるんだからっ！」

怒り心頭に発した様子のフェルノが息巻いている。

「だいたいエリーゼはなんでかばったのよっ！」

食ってかかってくるフェルノに、エリーゼはわずらわしそうに答えた。

「あんな大勢の前で勇者パーティーをイメージダウンさせる意味がありませんでしたから」

アレクサンダーたちの薄汚れた身なりを見た若い衛兵は、彼らが勇者パーティーだと気づかなかったのだ。

いつもの衛兵なら気づけたかもしれないが、新米だったことが災いした。

ベテランの衛兵たちが勇者パーティーの凱旋パレードの会合のために出払っていて、当の勇者たちがぞんざいに扱われたというのは皮肉なものだ。

「フェルノに同感だ。あの場で首を叩き切ってやればよかったんだ」

あの時、剣を抜いたアレクサンダーの殺気は本物だったと、エリーゼは回想する。伝説の英雄の剣の輝きを前にした衛兵は、情けなく尻もちをつき、「順番を守れ」だの「後ろに並べ」だのと言っていた先ほどまでの威勢のよさが消し飛んだ表情に変わっていた。

怒りに任せて、フェルノが高熱を宿した杖の先端で適当な商人の荷馬を突っつき、尻の焦げた荷馬が幾人もの人間にぶつかって積荷がいくつも壊れた騒動のおかげで、アレクサンダーの抜剣は目立たなかった。フェルノも狡賢《ずるがしこ》いので、戦闘の素人である商人などにそれを見抜かれることはなかった。

そんなごたついた状況を収めたのがエリーゼだった。

彼女は優しく微笑み、尻もちをついた若い衛兵に手を差し伸べ、名を尋ねた。そして彼の名を呼び、その正義感を称えたのだ。

令嬢らしく振る舞う美女に賞賛されて赤くなった衛兵に、エリーゼは「是非あなたのような素晴らしい人材に任せたい仕事があるのです」と誘った。若い衛兵は二つ返事で受けた。

「勇者様」

エリーゼは、勇者やフェルノが怒りっぽくなっていることに気づいていた。無論、疲労などのためだ。

「あの衛兵には後日、鉱山で奴隷の監督官をしてもらいます」

「それで？」

勇者もエリーゼの性格をある程度知っている。当然、続きを尋ねた。

「その鉱山の奴隷の管理はなぜか杜撰《ずさん》で、監督官が寝入った頃、偶然奴隷の牢の鍵が開いてしまうのです。そしてたまたま、監督官を恨んでいた奴隷たちによって、酷い拷問を受けた末に、冷たくなった姿を発見されるのです」

エリーゼは淡々と、すでに決まりきった事実かのように語った。

「なるほど」と満足気に頷いた勇者は、それ以上なにも尋ねなかった。

エリーゼの実家である大きな屋敷に、三人は辿り着いた。

三人の険しい顔を見た使用人たちは丁寧に、それでいて余計なことは一切聞かずに、風呂、飯、寝床、新しい衣類などを準備した。勇者に合う男物の服などはなかったが、勇者が風呂に入っているうちに買いに走らせて手に入れた。

一段落したエリーゼは、父に面会を求めた。

「おお！　よくぞ帰ったエリーゼ！」

父の抱擁を受けている最中も、エリーゼはギラギラとした視線のままだった。それほど黒髪の盗賊に対して怒りを感じていたのだ。

エリーゼは父、ゴースロスに話した。冒険者ギルドの推薦――というより冒険者ギルド組合長《ギルドマスター》の推薦によって勇者パーティーに参加した盗賊フウマを、クビにしたこと。そして奴が腹いせに毒ガストラップを執拗に仕掛け、あげく食料を持ち逃げしたため、帰りのダンジョンの踏破は困難を極めたことを。

聞き終えたゴースロスは、冷静な様子で頷いた。

「うむ。……まぁ、好都合だな」

「なにが好都合なのですか？」

「冒険者ギルドの現組合長《ギルドマスター》が堅物なのは知っているだろう？」

「ええ。なんでも叩き上げでＳ級冒険者に上り詰めたとかいう現場主義者でしたね」

「そうだ。奴はなにもわかっていない。森に生息するモンスターの毒は知っていても、宮廷に生きる貴族の持つ猛毒についてはな……。はっきり言って使えん男だ。時代遅れだ」

使えないというのはあくまで、金銭や色香による篭絡《ろうらく》が不可能であり、利用できないという意味だと、娘のエリーゼにはわかった。

「それがどうかいたしましたか？」

「サブマスターを知っているな？　冒険者ギルドの」

「はい。……何度かお会いしたことがあります。お父様もたまにお会いになっていらっしゃいますよね」

エリーゼの顔には、組合長《ギルドマスター》を思い浮かべた時と同様、好意的な色は一切浮かんでいない。中身が使えない組合長《ギルドマスター》も、外見が悪いサブマスターも、彼女の好みから大きく外れていたのだ。

「奴をバックアップし、次の組合長《ギルドマスター》にし、傀儡《かいらい》とする計画が〈教会〉で進んでいる。一応、赤魔道士組合などの承諾も得てはいる。非公式だし、風向きが変わればどうなるかわからんがな」

ゴースロスはそこで言葉を区切り、屋敷に飾られた美しい色彩の絵画を見つめた。教会の大聖堂には、ステンドグラスで作られた同じものが存在する。

「あの黒髪の盗賊は、組合長《ギルドマスター》にとってよほど重要な人物だったらしい。そんな存在が二度もとんでもない真似をしたとなると、組合長《ギルドマスター》の失脚は確定だ」

「二度？」

もう一つのとんでもないこと――〈教会〉が認可している奴隷商館の宿を襲ったという話を聞き、エリーゼは驚いた。

勇者とフェルノを労いに行くために父が立ち上がったので、話はそれでお開きとなった。

エリーゼは父が見上げていた絵画を見つめる。

過去に実在した勇者と、彼の愛を受けた乙女《おとめ》たちを描いたものだ。

〈教会〉の教義では、

『勇者の大きな愛は、世界を包み込むようであった』

などとオブラートに包んであるが、ぶっちゃけた話をしてしまえば、美しい女なら貴族から町娘まで誰でも孕《はら》ませたということだ。

勇者としての力を覚醒するような人間は非常に少ない。

また、勇者と王族の間に生まれた子供以外に、勇者の血を引く者がいることを不都合だと考えた王家によって、勇者の子孫のほとんどが不慮の事故で亡くなっている。宿屋の娘だの食堂の看板娘だのとの間に生まれた子は、だ。

現在、〈教会〉が推している勇者は、遠縁とはいえ大貴族の血を引いている。爵位を継げるほどの立場ではないが、〈教会〉が支持するのにもってこいの条件を備えていた。

（勇者様の愛は、私《わたくし》がいただかなくては……）

エリーゼの知る限り、現在、勇者の力を持つ者はアレクサンダーしかいない。そして勇者という言葉のブランドイメージやシンボル性の高さは、国王に比肩する。

なぜわざわざ勇者パーティーに若い女を二人もつけたのか。大組織がそのような真似をした理由を、エリーゼはよく理解していた。

豊かな胸の膨らみの下にある下腹部を撫でたエリーゼは、これからの薔薇《ばら》色の未来に夢を馳せた。

ここまでは順調すぎるほど順調だ。

S級ダンジョンのクリア。

大量の金銀財宝を持ち帰ることにも成功。少なくとも自分は十分な量を。

そして、邪魔者だと思っていた薄汚い黒髪の盗賊は、勝手にお尋ね者になって、自滅一直線だ。放っておいても、散々な拷問の末に、屈辱と絶望に苛《さいな》まれて死ぬことになるだろう。

それを考えると、エリーゼは口元に笑みが浮かぶのを抑えられなかった。

（あぁ……こういう時フェルノが羨《うらや》ましくなるわ）

赤魔道士であるフェルノが使う火系統の魔法が自分にもあったら、きっとあの盗賊の目玉を焼き、両手両足を少しずつ炭化させて遊んだだろうに。

（…………そういえば、なぜ『攻撃魔法を習得しようとすることを禁じる』なんて戒律があるのかしら……？）

エリーゼの知る限り、〈治癒神の御手教会〉は慈悲とは対極の存在だ。プロパガンダのためだとしても、習得しようとすることさえ禁じるというのは、いささか行き過ぎに思えた。

エリーゼがもし〈教会〉のトップなら、表には伏せても、裏ではしっかり攻撃魔法を行使できるようにするだろう。

（……まぁ、やめておきましょう。余計な詮索は……）

過去、何人かの癒し手の間からこの種の疑問や改善案が提出されたが、すべて父や他の上位聖職者たちが握り潰しているのを、エリーゼは知っている。それでも無理やり改善案を通そうとした癒し手が、偶然酷い死に方をしたことも。

例えば、なぜか全裸で森の中に行き、モンスターに食い殺されたり、とかだ。

エリーゼは気分を変えるために、自分も勇者とフェルノのもとに急いだ。

8

雲一つない宵の空の下、盗賊の最上位スキル〈潜伏〉を使用した俺は、冒険者ギルドの見張り塔の円錐形の屋根に立っていた。

勇者パーティーのメンバーたちもそうだったが、一般的に〈潜伏〉の効果を誤解している者は多い。物陰などに隠れて使用し、モンスターや敵をやり過ごすことくらいにしか使えないと。

これは、半分当たりだ。

盗賊の〈潜伏〉には音や気配、匂いなどを消す効果はない。そのため堂々と動き回れば、足音や空気の流れなどから、格上のモンスターや名うての冒険者にはたちまちバレてしまう。

盗賊など恐るるに足らず、といわれる所以《ゆえん》だ。

だが――本当にそうだろうか？

例えば、物音一つ立てずに動く技術を身につけている者が使えば？　例えば、気配など察知することが不可能なほど離れた位置で使用されれば？　例えば、匂いを消すスキルを併用していれば？　……その答えが、今の俺だ。

冒険者ギルドという武力の総本山、その中でも特に索敵に優れた者たちが詰めている見張り塔のすぐ真上にいながら、誰一人として〈潜伏〉を使用した盗賊に気づかない。

（騒がしいな……あの奴隷商館）

冒険者ギルドのすぐ隣にあるためか、護衛の人数は少なそうだ。あげく何やら酒宴を催《もよお》しているらしい。

狙いを定めた俺は、見張り塔の屋根から奴隷商館の最上階に音もなく忍び入った。

「――――………で、ずいぶんと早かったわね」

両脇に奴隷の獣人の子供を抱え、背後に多数の奴隷を従えた俺を待っていたのは、少し顔を赤らめた仏頂面のセーレアだった。

あばら家の入り口には彼女だけがいて、他の奴隷たちは壁際まで下がっている。どうやらあまりにも早く帰還したため、敵と勘違いされたらしい。

「あぁ。出発前にセーレアたちが無事を祈ってくれたおかげだよ」

勘違いした恥ずかしさで赤らんでいたセーレアの顔が、さらに赤くなった。

セーレアがなにか言う前に、リノが抱きついてきた。

「よかった……フゥ……マ。無事で……」

「あぁ」

出掛ける前にも泣き顔で抱きつかれたが、今回の涙は嬉し涙のようだった。

「さすがです、フウマ様！」

「まさか、これほど早く奴隷たちを大勢助け出せるなんて……！」

「しかも食料まで……！」

今回助けた奴隷は二十六人。これで一気に人数が倍になった。幸い奴隷商館から食料をかっぱらい、奴隷たちに持たせて逃げたので、すぐに飢え死にするようなことはない。

元からいた二十三人の奴隷たちと新たに加わった二十六人の奴隷たちは、種族も年齢も性別もばらばらだったが、すぐに打ち解けたようだ。

話題の中心が「慈悲深く全知全能のフウマ様」ばっかなのはどうかと思うが……、と他人事のように思う。

（フウマ様って何者なんだろうなー、凄い人もいたもんだなぁ……）

現実逃避したものの、慣れない尊敬の視線が痛い。

「そういえば……」

俺は握ったままだった小さな袋を、そばにいたリノに手渡す。

小首を傾げたリノは、素直に受け取り、袋の中身を出した。

折り畳んだ薄手の青い可愛い服と白いスカート、そして大きめの赤いリボンが二つ。

リノとセーレアが目を丸くした。

「奴隷商館に潜入する前にたまたま見かけた衣料品店に、リノに似合いそうな服とリボンがあったんだ。ちゃんと買ったものだよ」

リノの金髪を撫でる。

ツノを露出させておくのは気になるのか、リノは大抵フードを被っている。

不揃いなセミロングの毛先を少し触り、「揃えていいか？」と尋ねると、彼女はこくんと頷いた。

〈盗賊の七つ道具〉の入ったウエストポーチから折り畳み式ナイフを取り出す。

柔らかな金髪を整えた後、髪を両サイドで結んで、二本のツノを隠すように大きめの赤いリボンを結んであげた。

これで、リノのツノは完全に見えなくなった。

リノは自分の金髪とリボンを撫で、完全にツノが隠れていることに気づくと、顔をぱぁっと輝かせた。

「まさか買い物まで済ませていたなんて……」と絶句するセーレアに向き直る。

「セーレア。悪いが、みんなを頼む」

「……は？」

不思議そうな顔をした手練れの青魔道士に、俺はさらに別の奴隷商館に忍び込むと告げる。

あばら家を出た俺が向かったのは、四つの塔を持つ奴隷商館。その威圧的で独特の外観が以前から気になっていたのだ。

東西南北にある塔のうち、西塔に忍び込んだ俺は、そこにいる鎖に繋がれた女たちに声をかけた。

助けに来たというのに、誰も逃げたくないと答えてくる。

「なんでだ？」

あまりの不思議さにそう尋ねると、この四つの塔の意味を語ってくれた。彼女らは家族や恋人などを別の塔に囚われているらしい。もし逃げれば、その家族や恋人が殺されてしまうという。

「――つまり、四つの塔を同時に攻略しないと人質の命が危ないってことか……」

夫や恋人、子供などへの思いを口にする女たちに、全員無事に助けられると請け合った。

「このロープを持ってくれ」

〈盗賊の七つ道具〉の一つ、伸縮する魔法のロープだ。それを見た女の一人が意を決したように口にした。

「……無理です。この塔は非常に高く、壁に手足をかける部分などありません。そして狭い螺旋《らせん》階段や廊下などには無数のトラップが仕掛けられているのです。……貴方様だけならば出入りできるかもしれませんが、私たちを連れては………」

元冒険者なのか、女はなかなか盗賊のスキルについて詳しそうだった。

〈潜伏〉を使用しても実体がなくなるわけではない。これは〈隠形〉でも同じだ。トラップは発動するし、敵の横をすり抜けようとしてぶつかれば気づかれる。

「〈潜伏〉などの認識阻害系じゃなくて、〈影走り〉を使うから大丈夫だ」

女もさすがにシノビスキルは知らないらしく、不思議そうな顔をした。

拘束を解かれた奴隷たち十数人が、狭い部屋の中でロープを掴む。

「全員、ちゃんと掴んだか？」

奴隷たちを見回して確実にロープを握っていることを確認した。

「よし！」

格子のはまった狭い窓を見る。正確には、その向こうに見える広い空き地に落ちた——建物の影を。

「──そういえば貴方様はどうやってここまで入って──」

元冒険者らしきエルフの女がなにか言いかけたが、次の瞬間、景色がブレた。

気づけば、先ほどまで見ていた広い空き地の影に、俺を含めた十数人の奴隷たちが立っていた。

奴隷たちの驚きの声を無視して、もう一度〈影走り〉を使用した。

〈影走り〉には、自らが接触しているものを任意に選んで、一緒に転移できるという効果があった。

少人数なら手を繋いだり服の端を持ったりすればいいが、さすがにこの人数だと無理があったので、ロープに接触してもらったのだ。

東、北、南と順に塔を攻略し、俺は見張りに気づかれることなく、五十六人の奴隷たちを助け出すことに成功した。

「さて、逃げようか」

残念ながらここには食料がろくになかったが、仕方ない。

唖然とする奴隷たちを引き連れて、〈隠形〉を使用して闇の中を移動した。


「───百五人ですって！」

声を張り上げたのは、あばら家で待ってくれていたセーレアだ。

俺が助け出した奴隷は、これで合計百五人になった。まさか一晩のうちにこんなにも増えるとは思いもよらなかっただろう。

「ま……まぁ、幸い食料もまだあるし……」

「時間の問題じゃない！　百人分ずつ食料を消費したら、あっという間よ！」

あばら家の内外から不安そうな奴隷たちの視線が集まる中、リノが全員を代表するように、俺たちに声をかけてきた。

「……ケンカ……なの？」

「いいや、違うさ」

広いだけが取り柄だったあばら家から奴隷たちが溢れ出しているが、そちらは問題ない。俺の〈隠形〉なら、百人どころか千人でも余裕で隠しておける。

だが、逆に言えば、隠しておくことしかできない。

街中に、一般人が目で捉えることができない透明人間のようなものが千人も出現したら、大騒ぎになるに決まっている。

何より認識阻害系のスキルは、接触したり、看破されたりして、「いる」と確信された時点で解除されてしまう。また先制攻撃を加えることはできても、再度〈潜伏〉をして消え失せることはできない。

「……そろそろ食料をなんとかしないとな……」

シノビスキルといっても万能ではないため、食料を用意することは難しい。俺は新しい悩みについて考え始めるのだった。

9

「『四天の塔』の守りが破られたそうだぞ！」

「ばかな……」

小声で囁《ささや》き交《か》わす男たちの声に、銀髪から長く伸びた耳がかすかに揺れた。

民家の屋根に潜んでいた長い耳の女は、褐色の肌を覆う薄緑色のマントを慎重な手つきで握り、ゆっくりと下を窺う。

女からはだいぶ距離があるが、夜目にも男たちに動揺が広がるさまが見て取れた。

「〈教会〉への報告は……？」

「もうとっくの昔に『四天』に詰めてた連中が行ってる。かんかんだったらしい」

「そりゃそうだろ。前代未聞だぜ、こりゃ……」

屋根に身を潜めた十四歳くらいに見える端整な女の顔に、好奇の色が浮かぶ。

女――オゥバァの目は自然と、四本の指のように突き出た、どこか不吉な塔に向かう。

獣人、魔族、エルフなどの種族を問わず、重要な奴隷を捕らえておくための監獄だ。

奴隷商館が次々に襲われて五十人も奴隷が逃げたと聞いた時は、「奴隷の管理が甘かったんじゃないか？」と小馬鹿にしていた男たちも、今や真っ青になっていた。

「まさか、獣人の族長の娘を奪還するために、獣人たちが攻めてきたとか？」

「いや。俺はエルフ王国の王族の生き残りがいたと聞いたぞ……」

「だとすればエルフか？　……魔族と手を組んだ可能性だってあるぞ」

フウマが奴隷たちを解放しているのを遠くから見ていたオゥバァは、それらの予想が見当違いだと知っていた。

（……なぜ奴隷たちを助けたのかしら？）

〈最上位職〉であるフウマには、助け出す能力があるのは当然だ。〈上位職〉であるダークエルフのオゥバァですら、他の塔に囚われている人質の命を無視すれば、塔の一つくらいなら落とせるだろう。

しかし、通常の兵力では、万の軍勢で『四天の塔』を包囲したとして、人質を全員救出することはできないのだ。

トラップだらけ、見張りだらけの塔を秘密裏に四つとも攻略するなど、普通できるものではない。

不可能。

不可解。

……もっと言えば不気味。

男たちの動揺は当然であり、なんとなく愉快な気分になったオゥバァは、気になる〈最上位職〉の少年のもとに行くことにした。

ついでに手土産も用意しよう。

どうやら彼は、彼自身の力の範囲を理解していないようだから。

(『職域の絶対性』について気づいていないとしたら、どこかの箱入り息子か、衣食住が足りた中でずっと生活してきたか、どっちかでしょうね。……生産職でもないくせに無理しちゃって)

予想通り、百人以上の奴隷たちの食料に頭を悩ませていたらしい少年は、感謝の言葉と共にオゥバァの手を取った。

つい先ほどまで〈隠形〉越しに青魔道士の女の説教と少年の苦悩する声が聞こえていたので、よっぽど嬉しかったのだろう。

「ありがとう……オゥバァ！」

しょげ返っていた少年は、殊更《ことさら》セーレアから視線をそらしながら、オゥバァに感謝の言葉を続ける。

「奴隷たちを助けたのはいいが、食料が足りなくなりそうで困ってたんだ。心から感謝するよ」

セーレアから「無軌道に助け過ぎなのよ」と小言を言われ、「お前が言うなよ」と言い返している少年に、オゥバァは忠告した。

「これ以上追っ手にバレずに食料を調達するのは難しいわよ。……さらに奴隷を解放するつもりなら、食料が不足するのは確実だから、なんとかするのね」

オゥバァが持ってきた食料は、大騒ぎしている奴隷商館から勝手に持ち出したものだ。相手もバカではない。今度もやすやすと盗み出せるとは思わない方がいいだろう。

10

「おう。風呂はもういいのか、エリーゼ」

両脇に女を侍《はべ》らせた勇者アレクサンダーが、ドアの開く音を聞いてエリーゼを振り向いた。

勇者の両脇にいる二人の女は、屋敷のメイドたちだ。最上級の客である勇者を迎えるに相応しい、屋敷で一、二を争う美女たち。

一方の女は勇者と同じソファーに腰かけ、瑞々《みずみず》しい真っ赤な果実を剥いて、勇者に食べさせている。

赤く濡れた優美な指先ごと勇者は口に含み、メイドに微笑みかけた。

メイドの方も満更《まんざら》ではないらしく、にっこりと笑い返す。

アレクサンダーは、顔立ちも背格好も、王国の美的基準でいえば文句のつけようのない美男子だ。金髪にがっしりとした体躯、そして均整の取れた長身。

勇者のためにカップを持ち上げているもう片方のメイドも、勇者に見惚れていた。

エリーゼの隣で父が咳払《せきばら》いした。

勇者はそれでも相変わらずの態度だったが、メイドたちはその時になって自らの主人が来たことに気づき、顔を真っ青にした。

当家で最も綺麗なメイドたち。当然父のお手付きだ。

そんな彼女らが、自らの情夫の前で、他の男に——たとえそれが勇者であっても——デレデレしていたのだ。

二人は居住まいを正し、今更ながら勇者と少しだけ——拳一つ分くらい距離を取って、食事の手伝いをするにとどめた。

エリーゼは平常運転の勇者から視線をそらし、フェルノを探した。

フェルノは少し離れた小さなテーブルで、大量の料理にがっついていた。両手にパンや肉の刺さったフォークなどを持って、忙しく動かしている。まるで飢えた獣のようで美人が台無しだった。ソースや肉汁で顔も手もべっとりと汚れている。

屋敷に着いてからずいぶん経つのに、いつまで食べ続けるのだろう。確実にお腹を壊すに違いない。

「……はぁ」

エリーゼのため息になにを思ったのか、メイドたちはさらに勇者と距離を置いた。今度は人一人座れるくらいのスペースだ。

エリーゼはそのスペース――勇者の隣に腰を下ろした。

メイドたちは立ち上がり、ふいに慌ただしく勇者やフェルノが空にした皿を下げ始めた。

おそらくこのメイドたちは、今日が見納めになるだろう。〈教会〉の主な収入源はお布施《ふせ》と、奴隷売買なのだから。彼女たちはさぞ立派に、高級娼館で働いてくれることだろう。

「勇者殿。此度はS級ダンジョンのクリア、おめでとうございます」

エリーゼの父の言葉に、食事をしながら勇者が頷く。

屋敷の主は、数時間前に勇者に休憩中だと追い払われた嫌悪感を微塵も感じさせない柔和な笑みで話を続ける。

「財宝を持ち帰ることができたことも素晴らしい。勇者パーティーの一員として活躍したエリーゼの株も上がり、私も〈治癒神の御手教会〉の次期トップになる芽が出て参りました。できれば勇者殿には、王家や赤魔道士組合などに口添えしていただき、私の〈教会〉トップの地位と、エリーゼが聖女としての地位を得るための手助けをしてほしいのですが、いかがでしょうか？」

「で？」

「で、とは？」

「いくら出せるか、と聞いてるんだ」

皿を下げに行くメイドたちがドアを閉める音が、やけに大きく響いた気がした。

沈黙が降りる部屋の中、エリーゼの父がにこやかな表情を一切崩さずに答えた。

「もちろん、勇者殿が納得していただける額をです。知っての通り〈教会〉は王家や貴族にとってなくてはならない存在です。代わりなどいないのですからな」

治癒を一手に引き受ける〈教会〉は、その特殊性ゆえに独自の地位を築いている。

王族だろうが、大貴族だろうが、怪我したり、病気になったりする。高い地位に就く者は老人が多い。そして高齢者ほど病気になる傾向がある。彼らの肉体の面倒を見る〈教会〉の発言力が強くなるのは当然だった。

モンスターや蛮族の討伐なら、様々な魔道士や冒険者、兵士など、いくらでも代わりがいる。

だが、治癒となると話は別だ。

政治でも武力でも、〈教会〉と王家が戦えば、王家が勝つだろう。だが、癒し手の数が減ることは、王侯貴族にとっても無視できない結果をもたらす。

ゆえに、〈教会〉は、あらゆる権力者と癒着することに成功していた。

「その前に、一つ依頼を受けていただけないでしょうか？」

顎をしゃくる勇者に、エリーゼの父は奴隷商館襲撃事件について語った。

「──そして、つい先ほど襲われた『四天の塔』……ここが問題なのです。あの塔は構造上、力押しで人質をすべて解放することは不可能なはずでした。盗賊によるトラップも数え切れないほどあり……」

「……盗賊のトラップなどゴミだ。そんなものに頼っているからお前らはダメなんだよ」

「まったくお叱りの通り……私も此度のことで痛感いたしました」

「で？」

「報酬は、最難関ダンジョンから財宝を持ち帰った勇者殿にはご不満かもしれませんが、これくらいでいかがでしょう……？」

指を二本立てたエリーゼの父に、勇者は指を三本突き出した。

「俺たちはパーティーなんだ。わかりやすく金貨三百枚にしてくれ」

法外といえる成功報酬を約束させた勇者を、単に強欲だとは言えない。

エリーゼを除く勇者パーティーのメンバーは、実は財宝をあまり持ち帰れていない。

フェルノは財宝の大半を濁流に落とし、勇者はフェルノからとんでもない金額で水を購入してしまったせいだ。巻物《スクロール》や短杖《ワンド》もいくつも消費してしまっている。赤字とまではいかないが、失った消耗品やマジックアイテムを再購入する費用だって必要なのだ。

翌日から、勇者パーティーは奴隷商館の護衛の任務に就いた。

「一晩で金貨百枚とは、ボロい商売だぜ」

豪華な調度品に囲まれた支配人室の中、奴隷商館にいた数少ない人間の美女を両脇に侍らせて、ソファーの背に深くもたれた勇者アレクサンダーはせせら笑った。

フェルノは一時期栄養失調に陥った反動か、過食症気味になっていて、今も小さなテーブルいっぱいに並んだ料理と格闘している。

一人掛けのソファーに座ったエリーゼは、参謀役らしく指摘した。

「お言葉ですが、勇者様。今夜相手が来るとは限らないので、一晩で、とはいかないかもしれませんわ」

もぐもぐと口を動かしながらフェルノが口を挟む。

「むしろ勇者パーティーが護衛に参加したと知って、ビビって出現しないかもね。その場合はどうなってるの？」

「抜かりねぇよ。一日ごとに追加料金として金貨一人十枚。五日間経っても相手が現れないようなら、成功報酬もいただいておさらばって寸法さ。……最難関ダンジョン帰りの骨休めにちょうどいいだろ」

「さっすがアレク！」

「――とはいえ、それなりに面倒な任務なのは間違いありません。想像以上に奴隷商館のトップも護衛も無能なようですから」

吐き捨てるように言ったエリーゼは、奴隷商館の者たちから聞き取った話を二人にも伝える。

「まず奴隷商館のトップは、襲撃者たちは奴隷だけでなく、食料も欲しがっていると判断しているようです。奴隷を盗む際に一緒に食料も盗んでいるためです。しかし、これは目的を悟らせないための撹乱であるのは明らかです」

「キャハハハ！　バカじゃん！　高額商品である奴隷を盗むような奴が、わざわざ食料なんか盗むかっての！」

「フェルノにバカにされるなんて、奴隷商館のトップは相当なバカだな。そんなんでよく務まるもんだ」

「どういう意味よアレクっ！」

わざとらしく頬を膨らませるフェルノに、エリーゼはため息をついた。

「こんな感じで奴隷商館組合の組合長は無能。まぁ、これほど大きな奴隷商館を経営しているのですから、金勘定には長《た》けているのかもしれませんが。……あげく護衛たちも無能揃いで、話にもなりませんでした」

なにせ、襲撃者の人数も武装もなにもかもわからない、と答えたのだ。

「アホか……」

「アホ揃いなんだねー……むしろそんな無能ばっか護衛に雇った組合長に同情するかも」

フェルノが小馬鹿にしたように笑いながら骨をしゃぶる。

「あの薄汚い盗賊がなにか知ってるんじゃないの？」

フェルノらしい無邪気で考えの浅い発言に、エリーゼもアレクサンダーも嘆息した。

「能力も度胸もないあいつにそんな真似ができるか？」

「目撃されたのは最初に襲われた奴隷商館だけ。しかも扉を破壊したのは青魔道士の女という話です。おそらく盗賊はただその場に居合わせただけでしょう」

エリーゼは見解を述べると話を戻した。

「『四天の塔』などと御大層な名で呼ばれていた特別な奴隷商館に至っては、トラップが発動した形跡さえなかったそうです」

「なんじゃそりゃ？　不発？　不良品でも掴まされたのか……おいおい……マジで大丈夫かよ……」

あまりの杜撰さに、さすがの勇者でさえ呆気に取られたように口を開けた。

「じゃあ、真面目に仕事やってるのは俺らくらいか？　護衛もトップも、トラップさえも当てになんねぇって……。なるほどなぁ、エリーの言う通り、こりゃめんどくせぇ臭いがプンプンしやがるぜ……！」

気晴らしするかのように勇者が女奴隷の胸を揉んでいると、支配人室の扉がノックされた。鎖の擦れるような音と共に。

勇者が女奴隷に顎をしゃくると、女奴隷は扉を開けた。

立っていたのは、手枷をつけた獣人の男。鎖は短いものの、無骨な輪っかが灰色の毛深い手首にはまっている。

「誰だ、てめぇ？」

「護衛たちの代表が集まり、会合を行う。来てもらおうか」

「いやだね。無能がいくら集まって時間をかけても無駄だ。――敵が来たら知らせろ。報酬分くらいは働いてやるよ。どうせ一刀で終わりだろうがな」

獣人の表情が大きく歪む。虎の頭部によく似ているが、それでもはっきりとわかるほど不快げに。


大方の予想を外れ、その晩早速、襲撃者は現れた――らしい。

駆けつけた勇者パーティーの面々は、空になった奴隷商館の部屋を苛立たしげに睨みつけた。アレクサンダーの腰紐は緩く、エリーゼの胸元は少し見えている。フェルノは口の端にどろりとしたスープの具がついていた。寝室か食堂かの違いはあれど、各々が夜を満喫していたのだ。

呼ばれて駆けつけたもののこのざまに、勇者は自分たちを呼んだ奴隷商館の使用人を思いっきり罵った。

「見つけたら即成敗してやる！　だがな、もぬけの殻《から》じゃどうしようもねぇじゃねえか！　それともこの奴隷商館を叩き壊してほしいって意味か⁉」

恫喝する勇者と、杖の先端に赤い魔法の炎の輝きを宿したフェルノに、奴隷商館の使用人は震え上がった。

すぐさま二人を取り成したエリーゼの表情にも、不愉快さが表れていた。

「で、盗まれた奴隷の数はどんだけだ？」

「五人です。……ここは大口の取り引きが終わって、ほとんど空になっていましたので」

血痕の残った部屋は真新しい血の臭いがした。

「この血は？　襲撃者のものか？」

「いえ……売れ残りたちは見てくれも悪く、利用価値が低かったもんで……」

要するに、使用人や護衛の鬱憤《うっぷん》晴らしに使用していたのだろう。

「襲撃者は無能だな。商品の中でもゴミ程度の価値しかないものを盗み出すとは……」

勇者に続いて、エリーゼは情報を整理するように述べた。

「おそらく襲撃者はろくに下調べもしていないのでしょう。ですが逆にいうと、『四天の塔』の次は大規模な奴隷商館を襲うという予想は外れましたね」

「バカの行動を予測するのは難しいからな……」

勇者のその台詞は、その後何日にもわたる長い苦難を象徴するかのようだった。

神出鬼没の襲撃者による奴隷商館襲撃事件は、この一回だけでは済まなかったのだ。

勇者パーティーの三人は、ベッドの上で空振りの鬱憤を晴らすかのように全裸で体を動かしている最中に、何度も呼び出された。

夜の歓楽街を走らされたあげく、結局襲撃者は見当たらない。地団駄を踏む勇者たちのもとに、さらなる襲撃者の続報が入る。逃げているところを目撃したのではなく、さらに奴隷商館を襲撃したのだという。その現場に駆けつけている間に、さらに別の奴隷商館が襲われたと伝えられる。

人混みの多い歓楽街の中、勇者パーティーはさんざん振り回されたが、ついに奴隷一人の奪還さえできなかった。

「畜生！　襲撃者も奴隷も、全員が〈潜伏〉でも使用してるみたいじゃねぇかっ！」

その発言はかなり正解に近かった。実際は〈潜伏〉の上位互換に当たるスキルによるものだったのだから。

11

「食料調達についてなんだが、……実は一つ案がある」

重々しく告げる俺に、昨夜の奴隷商館襲撃で百五十人をゆうに超えた奴隷とリノたちの視線が集まる。

オゥバァもセーレアも、強張った声を上げた俺を興味深そうに眺めている。

（……呼ぶのか……呼ぶしかないよな……やっぱ手が足りないし…………）

シノビノサト村にいる忍犬を呼び出すと決めたものの、気分は重かった。

〈忍犬召喚〉はシノビスキルだ。当然、盗賊として振る舞うというジッチャンとの約束から逸脱することになる。しかも誰にも知られずにどころか、大勢の前でシノビスキルを使用するのだ。

帰ったら絶対に文句を言われるだろう。

だが、どうせ怒られるなら、シノビノサト村にある食料も運ばせてもらおう。残念ながら〈忍犬召喚〉で食料まで一緒に呼び出すことはできないが。

俺は片膝をつき、あばら家の床に片手をつける。

どろり、と。

まるで墨で描いたかのように、不思議な模様とも文字ともつかないものが、円を描いて広がっていく。

「なんだか儀式魔法に使用する魔法陣みたいね」

青魔道士であるセーレアは興味深そうに、身を乗り出して円を眺めた。

「まさか本当に儀式魔法だったりして」

茶化すようにオゥバァが肩をすくめる。

儀式魔法といえば、〈天雷の塔〉から放つ〈天雷〉がそうだ。本来使用できないような高位の秘術を、大勢の魔道士たちや高価な消耗品などを使用することで可能とするものをいう。

「魔法じゃないよ……スキルだ」

そういう意味じゃなくて儀式魔法と同規模の力を感じるって意味だったんだけど、とぶつぶつオウバァが言っているが、無視してセーレアに声をかける。

「おい、セーレア。あまり身を乗り出すな」

「まさか、危険とか言うつもり？」

恐々と後ろに下がろうとしたセーレアだったが——遅すぎた。

墨色の召喚陣が赤く光り、その中央に黒い影が出現した。笑っているかのように開いた口には牙が見え、赤い舌が覗いている。そこには、黒い体毛に覆われた四足歩行の獣がいた。

「——若様！」

跳ねるように獣は叫び、本当に飛び跳ねて召喚陣から出た。

べろん、と黒い小さな獣がセーレアの顔を舐《な》めた。

「きゃあっ」

初めて聞くセーレアの女らしい悲鳴。そのまま短く小さな足で踏みつけられて、セーレアは顔をべろべろと舐められている。

「むっ。この味……若様じゃない……」

「……お前だって目くらいついてるだろ。なんで、顔を十往復くらい舐めた後になって気づくんだよ………」

額にある手裏剣の模様が特徴の黒い小型犬が、尻尾をふりふりしながら俺を見上げてきた。手裏

剣の模様と手足の先端だけ毛が白い。

「なに、このもふもふ」

「か、かわいぃ……」

オゥバァとリノの反応は上々だ。

リノは前のめりになって、セーレアの上で尻尾を振って俺を見上げている忍犬の頭を撫でようとした。

「――触るな！　我に触れていいのは若様のみ！　『ちぃと』という特別な力を持った若様の曾祖父でさえ倒せなかったこの我を倒し、従えることに成功したのは、若様だけなのだからな！」

偉そうな口ぶりだが、見た目は小型犬で、尻尾を一生懸命振っている。威圧感はない。リノが悶《もだ》えるくらい可愛いだけだ。

（……ヒイジッチャンが刃を向けることができなかったのは、あまりにも愛らしい外見のせいだろうに……）

本人は相変わらずそのことに気づいていないらしい。

とぼけた奴だが、実力は本物だ。俺よりは弱いが、世界全体で見てもおそらくかなり強い部類に入るはず。

（なにより、こいつのスキルは役に立つ）

「や、やめろぅ……！」などと言いつつも、リノに頭を撫でくり回されている姿からは想像もつかないが、この食料難を一気に解決できるとしたらこの忍犬しかいない。

「くっ殺《ころ》……！」などと言いながらも、腹を見せて撫でられ始めた忍犬イヌガミに声をかける。

「イヌガミ。頼みがあるんだが、中位忍犬を上限いっぱいまで召喚してくれ」

上位忍犬であるイヌガミは、先ほどまでの醜態《しゅうたい》を忘れたかのように、厳《おごそ》かに床にお座りし、両手――ではなく両前足を上げて、肉球を合わせた。

ぽむん、という柔らかな音が聞こえてきそうな仕草の後、両足を地面につける。

先ほど俺が作った召喚陣よりひと回り大きな召喚陣が、次々に出現する。

それを見てセーレアは悪い予感を覚えたのか、涎《よだれ》を拭く手を止めて、急いであばら家から逃げ出した。奴隷たちは興味深そうに、自分の足元に出現した召喚陣を見つめている。

召喚陣の数は三十。

赤い光が室内を照らす中、現れたのは召喚陣と同数の白い中型犬。

各魔法陣の上にお座りした白い犬の額には苦無《くない》の模様があり、そこだけ毛が黒い。

実は、中位忍犬はさらに下位忍犬である大型犬を召喚できるのだが、これからの目的を考えると下位忍犬ではさすがに力不足だ。

「召喚獣なのに、召喚獣を召喚できるなんて……」

絶句するオゥバァ。同じような表情を浮かべている奴隷たちが何人かいた。一気にもふもふが三十倍になったので、リノは見たこともないほどはしゃいでいる。中位忍犬はおとなしく、リノに撫でられるままになっていた。

（言われてみると、忍犬なのに中位忍犬を召喚できるってのは凄いかもな。……中位忍犬がさらに下位忍犬を召喚できて、もっと数を増やせると知ったら、もっと驚くだろうなぁ……）

上位忍犬イヌガミ以下、三十一匹の聞く姿勢が整ったのを見て、俺は告げた。

「お前たちには、シノビノサト村に行って、食料を運んできてほしい。見ての通り大量にいるんだ」

「はっ！　若様の頼みとあればすぐさま持って参ります！　この若様の一《いち》の子分にして唯一の部下であるイヌガミが！」

誇らしげに吠えるイヌガミに、複雑な心境を顔に出さないようにして頷いた。

（子分や部下がいないのは、そういうのを持ちたくないからなんだが……。というか子分というよりペットじゃ……）

などと考えている間に、上位忍犬イヌガミは自らの眷属を引き連れて、意気揚々と尻尾を振りながら駆け出していった。日差しの中を走っていく後ろ姿は、散歩に行く犬にしか見えなかった。

12

「フウマか……？」

連日の奴隷商館襲撃が半ばルーチンワークのようになっていた俺にとって、暗闇からの問いかけは少し衝撃だった。

いつも通り〈影走り〉で侵入したところだった。後は奴隷たちを集めて再度〈影走り〉を使用し、〈隠形〉で逃げるだけの簡単なお仕事。そう思っていたのだが……。

「……誰だ？」

どこかで聞いたことがあるようで、馴染みのない声だ。

奴隷商館の廊下の角からのっそりと姿を見せたのは獣人。虎そのものに見える顔をした、粗末な腰布だけをつけた灰色の毛の男だった。

「やはりフウマか」

男の手枷についた短い鎖が音を立てた。手枷の輪は片方が外され、垂れ下がっている。

ごつい手枷を見て、ふいに思い出した。

「もしかして……リノを預けた帰りに声をかけてきた獣人か？」

観察し、確信を得る。

「なんの用だ？」

「それはこちらの台詞だろう、侵入者――いや、襲撃者よ」

両腕を開き、拳を握る男の胸の筋肉が脈動する。灰色の毛に覆われていても、みっしりとした筋肉が動くさまがよくわかった。

「あの時、奴隷商館を見つめる敵意、諦観、反抗心……そういったものに惹かれたが、まさかこのような大それた真似をするとはな。……かすかに強者の気配がしたが、これほどのことができるような実力はないはず……とすると仲間が大勢いるのか？」

「強者の気配、ね……。まぁ盗賊として振る舞ってるから、気配自体ほとんどしないんだけど。そもそも隠密に事を運ぶのが俺たちの流儀だ。気配を堂々と垂れ流したりなんかしないさ」

「答えるつもりはないということか」

互いにすれ違う言葉と立場。おそらくこの獣人の内心は俺と同じはず。だがかつての俺が奴隷たちを助けることができなかったように、彼にも彼なりの事情があるのだろう。

「獣人は短命でな」

人気《ひとけ》のない廊下の暗がりの中、鎖を弄りながら呟く獣人の声がよく響いた。

「長命なエルフ種や魔族に比べて、扱いが多少はマシだった。俺もこうして食うに困らず生きていられる」

獣人の寿命は人と変わらない。魔族やエルフ種、竜《ドラゴン》などが例外的に長いだけなのだ。

(種族の寿命と〈教会〉の迫害に関連があるのか?)

こういう時、田舎育ちなのが少しだけ嫌になる。それとも、獣人でありながら〈教会〉の内情に詳しい様子のこいつが特別なのか。

「ただ生きているだけの屍《しかばね》のようになった俺にも、譲れぬものがある。今は亡き王へ捧げた忠義。たとえ国が滅び、落ち延びた先の集落が焼かれようとも、忠義の心は灰となることはない。……囚われの身である姫様のためにも、全力で――参る!」

男の踏み込みは、一撃に絶対の自信を持っている者特有の躊躇《ため》いのないものだった。

並みの戦士であれば、全身鎧《フルプレート》と大盾《ラージシールド》を装備していても即死、もしくは行動不能に陥るだろう。

男の腰の捻りに連動するように、毛深く太い右足が上がるのが見えた。

首を刈り取ろうと迫る円を描く力を、俺は左手の力で上に受け流す。

男の回し蹴りは、俺の前髪を逆立てるほどの風を起こしながら頭上を通り過ぎた。

全力で蹴りを放った勢いで回転した獣人は、再びこっちと目が合うと驚いた顔をした。

「素振りは十分か?」

俺の問いかけに、肩を落とした獣人は苦笑した。

「負けだ……。だが、知っての通り〈治癒神の御手教会〉からは逃げられんぞ」

「一ついい場所に心当たりがあるんだ。そこに行けばいい」

「そんな場所なぞ、この地上のどこにも――」

そこまで言いかけた男が俺の顔をまじまじと見た。

「黒髪黒眼……まさかシノビノサト村か？」

心底驚いた。

こいつの口から、その名が出てくるとは。

曾祖父が作り上げた村は、かなり辺鄙《へんぴ》な場所にある。

とはいえ、外界との接触を拒んではいるものの、まったく出入りがないわけじゃない。

「……なるほど。納得した。あの魔境に住む者なら、俺の必殺の蹴り〈小竜尾《ドラゴン・テイル》〉を受け流したのも理解できる」

俺は納得できない。

人の故郷を魔境呼ばわりしやがって。

獣人の男を連れ帰ると、顔見知りが結構いたらしく、少し騒ぎがあった。特に「ヒメサマー」とかいう変わった名前の獣人の娘とは、再会の涙を流すほどだった。

「姫様？」

まさかな……。

思わず呟いてしまい、苦笑しながら頭をかく。

エルフの一人の「オージ・デンカ」だって、どこかの国の王子殿下のわけがないだろう。

奴隷の数は瞬《また》く間に増えていて、もう三百人に達した。俺もさすがに疲れが溜まってきたらしい。

埒《らち》もない妄想をしてしまうほどに。

ヒメサマーやオージ・デンカを含めた奴隷たちから、尊敬を超えた崇拝のような視線を集めながら、今日は久しぶりにゆっくり眠ろうと決めた。

13

連日の襲撃を受けて、最も災難だったのは、奴隷商館の人間たちだっただろう。

高額商品である奴隷を散々奪われたあげく――。

「――ッくしょうが！」

豪華な調度品が多数あったはずの奴隷商館支配人室に、木材の壊れる鈍い音が響く。

勇者としての能力補正を持つアレクサンダーの蹴りは、支配人室にあった重厚な机の天板をへし折るだけの力があった。

繊細な模様が釉薬《ゆうやく》によって描かれた観葉植物の鉢は割られ、赤い絨毯《じゅうたん》は焼け焦げ、高価な名画は切り刻まれている。

勇者パーティーへの依頼料の支払いと支配人室の修理代、奪われた奴隷たちの金銭的価値の総額は目玉が飛び出すほどだろう。

それでも奴隷商館側が契約を破棄できないのは、宗教都市ロウの実質的な支配者であるエリーゼの父の紹介であるためと、奪われた奴隷たちの中に無視できないほど高貴な血筋の者が多数交じっていたためだ。

特に『四天の塔』が落とされたのは痛かった。

あそこは奴隷商館とは名ばかりの監獄だったのだ。

「フェルノ様。水産都市エレフィンより魚介の珍味を早馬で届けさせました。是非ご賞味いただきたく……」

奴隷商館組合の組合長が頭を下げながら、室内で炎を操っている女に告げる。

勇者パーティーの中では最も思考が読みやすく、制御しやすい女は、あっさりと杖の先端に宿していた魔法の炎を消し、食堂に駆けていった。

さて、残り二人をどうしよう？

そう思案する男に、意外な助けが入った。

「エリー。お前も食堂に行ってこい。最近食事をあまりとってないだろ？　ちょっと顔色悪いぜ」

「そうかしら……？」

若干不思議そうな顔をしつつも、エリーゼはフェルノの後を追っていった。

感謝の目を向ける組合長の肩に、アレクサンダーは腕を回し、耳元で囁いた。

「女を用意しろ。言うまでもないが、とびっきりのな」

内緒話をするように言ったのも、エリーゼを遠ざけたのも、このためだろう。

「本来ならこの俺様がどこの誰を抱こうが勝手だが、エリーもフェルもくさくさしてやがるからな。うるさく言う可能性がある」

連日の襲撃のせいで、勇者たちの寝不足と怒りは極まりつつあった。ベッドでも上手くいかなかったのだろうと容易に想像がついたが、組合長は一切表情には出さず、言われた通りに手配した。

用意した女は、奴隷商館の商品の中でも最高級の人間の女奴隷。十人ほど揃えて、その中から二、三人選んでもらうつもりだったが、よっぽど鬱憤がたまっていたらしく、全員無理やり寝室に引っ張り込まれてしまった。


その晩、襲撃の知らせを聞いた勇者アレクサンダーは女奴隷たちを蹴散らすようにベッドから立ち上がり、立てかけておいた愛剣を手に取った。

――今日こそは叩き切ってやる！

憤怒《ふんぬ》の形相にはそう書いてあった。

逃してなるものかと駆け出したアレクサンダーは、途中で上がった女の悲鳴や男の驚きの声などをすべて無視する。抜き身の伝説の英雄の剣にビビっているのだろうと高《たか》を括《くく》っていた。

「で、どこの奴隷商館だ⁉」

組合長を見つけて駆け寄ったアレクサンダーは、エリーゼとフェルノ、それから他の護衛たちの目を一身に浴びた。

「どこだって聞いてんだよ！」

なぜか誰も答えない中、再度怒鳴ったアレクサンダーは、周囲の視線が自らの腰に集まることに違和感を覚えた。わずかに冷静になってみると少し肌寒い気もした。

「……あ？」

見下ろすと、なにも身につけていなかった。下半身を隠すことさえ忘れ、素っ裸で奴隷商館を走り回っていたらしい。

なにかと理由をつけて、今晩はアレクサンダーの寝室から遠ざけられていたエリーゼとフェルノは、さすがに白い目を向けた。彼がなにをしていたのか悟ったためだ。

「………………逃げられました」

白けきった場に報告者が現れ、アレクサンダーは恥ずかしさと怒りで真っ赤になった。

「――――！　――――っ！」

怒鳴り散らしたかったが、さすがに威厳もなにもない格好で、八つ当たりする対象も見つからず、

アレクサンダーはただ赤面するしかなかった。

14

近づいてくる忍犬たちの気配に気づき、深夜に目を覚ました俺は、片膝を立てながら座ってもたれていたあばら家の柱から体を起こした。

中位忍犬たちのかすかな足音を聞きつけたのか、長い耳をかすかに揺らしたエルフの冒険者風の女や俺と戦った獣人の男など数人が、横になっていた床から起き上がり始めた。

オゥバァに至っては、すでに細剣《レイピア》の柄に手をかけている。

「ねぇ……なんか妙な気配がするんだけど……」

「まさかつけられたか？」

追っ手を心配する獣人の男に、俺は「安心しろ」と告げる。確かに忍犬たち以外にも、モンスターの気配が数匹あるが、心当たりがあった。

追っ手に追われる状況で神経が鋭敏になっていたのか、話し声で目覚めた奴隷たちがかなりいた。その奴隷たちが起きた気配によって、リノなども含めた全員が目覚めた様子だった。

そして、月明かりに照らされたあばら家の入り口に現れたのは――。

「若様ー！」

と、血まみれのライオンの顔が、元気よく声を張り上げたように見えた。立派なたてがみの一部が血で顔面にへばりつき、白目を剥き、瞼がピクピク痙攣《けいれん》している。

深夜にそんなものを見せられた女奴隷たちやセーレアが悲鳴を上げた。

「シノビノサト村の周囲にいるキメラか……どうしたんだ？」

問いかけながら、俺はたてがみをどけてやる。そこに現れたのは、大きなモンスターを運ぶ、額に手裏剣の模様がある小さな黒い犬。さっきしゃべったのも、死にかけのキメラの頭部ではなく忍犬イヌガミだ。

「はっ。シノビノサト村から帰る途中、『導く灯火の合成獣《リーディング・ライト》』の群れに襲われたので返り討ちにし、食料として確保いたしました。鮮度重視と考え、半死半生で運んできた次第であります！」

ピクピクしているキメラ――導く灯火の合成獣《リーディング・ライト》を見つめる女性陣の視線はかなり複雑そうだ。正直俺もげんなりしていた。

「ほめてほめて」と言うように尻尾を振る忍犬イヌガミの姿は、まるでネズミの死骸を自慢げに見せる猫のようだった。

――けど。

(改めて考えてみると、キメラの肉で食料確保ってのはいいな)

導く灯火の合成獣《リーディング・ライト》は、頭部がライオン、尾が毒蛇、そして胴体に山羊《やぎ》の頭部が生えているキメラである。

名前の由来は、毒蛇の双眸を松明《たいまつ》のように光らせ、人を誘い込む性質があるためだ。

狡猾で残忍なモンスターだが、胴体部分は山羊の肉であり、毒蛇の尾も毒さえ抜けば食用に堪《た》えうる味だった。

「遅かった理由はキメラ討伐のため――なわけないよな」

言いかけて、自分で否定する。

導く灯火の合成獣《リーディング・ライト》は街中に出現すればS級冒険者に討伐依頼が行くほど危険なモンスターだが、上位忍犬と中位忍犬三十四とでは、その戦力は比較にもならない。

実際、数匹の導く灯火の合成獣《リーディング・ライト》たちは半殺しにされ、イヌガミが言うところの「鮮度重視」の状態で運ばれてきている有り様《ありさま》だ。

キメラを縛ることなく運べるのは、中位忍犬以上が持つ運搬スキルのおかげだ。

「時間がかかったのは移動のためではなく、村でひと悶着あったためであります！」

イヌガミが背中のキメラを下ろし、首を伸ばしてきた。頭を撫でてほしいのかと思ったが、首元の赤い布に折り畳んだ紙が括りつけられているのが見えた。

紙を開いてみると、アイリーンとジッチャンからの手紙だった。文《ふみ》には、イヌガミを問い質したものの、まったく要領を得ず、大量の食料が必要な状況だということを聞き出すだけでもすごく時間がかかった、とぼやくように書かれていた。

とりあえず指示通り食料を運ばせるが、後でちゃんと説明しろ、と締めくくられていた。紙面からは、アイリーンとジッチャンの苦笑が浮かんでくるようだ。

食料は村に食べきれないほど備蓄があるとはいえ、確かにイヌガミに手紙の一つでも持たせて、必要な理由をきちんと説明すべきだったかもしれない。

中位忍犬たちの背中には、藁《わら》で編んだ円筒状の袋——俵《たわら》や半死半生のキメラなどがあった。壺を運んでいるものもいて、味噌《みそ》や醤油《しょうゆ》の懐かしい香りがかすかに漂ってくる。

「これ、なに？」

好奇心が旺盛なのか、長い年月を生きてきたため見知らぬものがあると気になるのか、俵の中に入っている乾いた白っぽい粒を、オウバァは興味深そうに見つめている。忍犬たちが最もたくさん運んできたのがそれだった。

「忍者飯とでも言おうか……干した米だよ」

「米？　これがそうなんだ」

オウバァは米と聞いて納得したが、他の面々は獣人族やエルフ、魔族を問わず全員知らない様子だった。

確かにシノビノサト村以外で、米を見かけたことはない。

食べたことのない者ばかりらしく、お腹が減っていたことも手伝って、「かなり遅くなったけど夕飯にしようか」と告げると、皆の顔が輝いた。

早速、乾ききった状態の米に食らいついた者たちが、鼠色パン以上の硬さに次々と半泣きになった。子供のリノや奴隷たちだけでなく、オゥバァやセーレアまで涙ぐむ有り様だ。

なにを勘違いしたのか、俺と戦った獣人の男が、

「……これが強さの秘密……！」

などと言いつつ、糒《ほしいい》にそのまま齧りついて、ぼりぼり食っている。隣にいるヒメサマーも、

「妾《わらわ》も強くなるためには……！」

とよくわからない決心をして、涙ぐみながら噛みしめている。

リノは早々に諦めたらしく、忍犬イヌガミに手に載せた糒を与えている。

「うむ、給仕ご苦労である」

尻尾を振る忍犬イヌガミは、偉そうにリノを労っているが、リノのニコニコした表情は小動物を可愛がる子供そのものだった。おそらくエサをあげているつもりなんだろう。

水を入れた皿も運んできてもらってご満悦のイヌガミは、「なかなか気が利く女給である」と褒めている。

忍犬とリノのふれあいにほのぼのとしてしまっていたが、このまま放置しておくと、俺と戦った獣人の男はともかく、ヒメサマーやオージ・デンカあたりの前歯が欠けそうだった。せっかく容姿に恵まれて生まれたのに、そんなことになったら可哀想だ。

「糒はそのまま食べるんじゃなくて、水で戻すといいよ。お湯なら半分くらいの時間で戻せる」

そう伝えると、エルフや魔族の奴隷たちは部屋の隅にあった水甕《みずがめ》や井戸から水を運び始めた。獣人たちは歯が丈夫なのか、勘違いしているからなのか、まだ頑張っている。

糒は奴隷たちに任せて、俺はキメラの肉の処理に移る。

何人かに作業を見て覚えるように伝えて、一緒に外に出る。

まずは血抜きだ。

キメラといっても、喉を切って頭を下にするという血抜きの基本は変わらない。ライオンの頭に、胴体に生えた山羊の頭部、尻尾の毒蛇と頭が三つあるので、三つとも切る分、手間がかかるが。

まだ心臓が動いていたので、血も固まっておらず、木に吊るしたキメラから順調に血が流れ落ちていく。

奴隷たちの中には狩猟や調理の経験者もいたらしく、キメラを捌くなんて初めてだろうに、上手い具合に進めてくれた。

(これなら教えることは特になさそうだな……)

一頭のキメラの肉を捌き終えた頃には、糒もいい感じに出来上がってきたようだった。奴隷商館から食料を盗む際、入れ物にした鍋などの中で、糒がふやけてきている。

鍋をそのまま火にかけ、味噌や醤油で味付けをする。

そこにキメラの肉——山羊の部分の肉を薄切りにして鍋に投入。忍犬たちが運んできた山菜も切って入れて、シノビノサト村風の糒雑炊《ぞうすい》は完成した。

鉄板と網は一つずつしかなかったが、両方を火にかける。鉄板では山羊部分を焼き肉にする。肉の焼けるいい香りがし始めた。

キメラの尾である毒蛇の毒は、頭部に集中している。皮を剥ぐついでに頭を落とせば問題ないはずだ。

毒蛇の尾の蒲焼《かばや》きを作りつつ、これを食べるのは俺とオゥバァくらいにしておこうと思った。大丈夫そうなら皆にも勧めよう。幸いシノビスキルに〈解毒〉があるので、万が一の場合でも問題はない。

「アンタ、手慣れてるわね……」

キメラの肉を部位によって使い分けて調理する俺に、オゥバァが呆れたように話しかけてきた。

「お前はモンスターの肉とか食べないのか？」

「そんな不思議そうな顔しないでよ。普通食べない、ってか、一般人はモンスターを捕まえようとさえ思わないのよ。当然食べ方も知らない。それが普通」

いやに普通という部分に力を入れて言い切ったオゥバァが、糒の雑炊の方に歩いていく。

糒の雑炊と毒蛇の蒲焼き、胴体部分の山羊の焼き肉が出来上がる。最後に軟らかく戻した糒でおにぎりを作り、それを熱した鉄板で焼く。

おにぎりに塗った醤油の焼ける香ばしい匂いが辺りに立ち込め、オゥバァがこっちに戻ってきた。

「それちょうだい。米を三角にして焼いたやつ」

「こっちの蒲焼きもおすすめだよ」

「その焼いた米がいい」

「焼きおにぎりっていうんだ。ちなみに、こっちは毒を抜いた毒蛇の蒲焼き。きっと美味しいよ」

料理人のおすすめを無視したオゥバァは、出来上がった焼きおにぎりをつまみ、あつあつと言いつつも頬張っている。非常に美味しいらしく、頬が緩みっぱなしだ。

本格的に調理して食事をしたのは、奴隷を解放し始めてから初だった。

「あとは任せる。調理方法は見ていた通りだ。材料も調味料も好きに使っていいから。……ただ毒蛇の蒲焼きは、毒に対する抵抗力に自信がある者だけにしてくれ」

「はっ！　承知いたしました！」

イヌガミのような威勢のいい返事が、奴隷たちから返ってきた。

……流行《はや》っているのだろうか。

あちこちから、山菜を切る音や肉を焼く匂いなどがしてくる。三百人以上いるが、調理する者も大勢いる。すぐに全員が食事にありつけるだろう。

「こうして毒に対する抵抗力を高めていくのか……！」

「——日常が戦場……！」

俺と戦った獣人の男とヒメサマーは仲良しなのか、よくわからないことを言いながら、一緒に毒蛇の蒲焼きを食べ始めた。ヒメサマーの方は恐々と、ついばむようにちょっとずつ食べている。

俺も調理していたらお腹が空いてきたので、糒の雑炊に手を伸ばす。

木の椀の数が足りないかと思ったが、器用なエルフがいて、近くに生えていた木を切って椀をどんどん作っているので、大丈夫そうだ。

「さすが生産職ね」

焼きおにぎりを食べているオゥバァが、感心したように呟くのが聞こえた。

先ほど〈ステータス表示《オープン》〉のスキルを使っていたので、なんらかの情報を盗み見たのだろう。盗賊の俺がいうのもなんだが、あまりいい趣味とはいえない。

呟きの意味はよくわからなかったが、椀に口をつけると些細《ささい》な疑問はどこかに飛んでいった。

懐かしい米と醤油などの味に、箸《はし》のない不便さなど気にもならず、するすると雑炊が喉を流れていく。

噛めば、もちもちとした糒特有の弾力のある食感。普通の米で作った雑炊ではこうはいかない。

リノがなぜか少し離れたところで焼き肉や山菜ばかり食べていたので、声をかけた。

「リノは糒の雑炊か焼きおにぎりはいらないのか？」

珍しくちょっと眉をひそめた幼い少女は、「硬く……なぃ？」と不安げに呟いた。

どうやら硬すぎた糒がトラウマになっているらしい。

「大丈夫だよ、ほら」

糒の雑炊を椀によそって手渡す。

リノは以前スープをあげた時のように、何度も息を吹きかけてから、そうっと口をつけた。やはり猫舌らしい。

「……んっ！」

短く言葉にならない声を上げたので、熱かったのかと思ったが、嬉しそうに緩んだ頬を見て勘違いだと気づく。

「おいし……」

リノの感想は短かったけど、表情は輝いて見えた。

セーレアは、水を運ぶのが大変な端っこの方で調理している者たちのために、青魔道士らしく水系統の魔法で水を作ってあげている。意外と面倒見がいいらしい。

「……それで、この大勢の奴隷たちをどうするつもりなの？」

オゥバァがそっと俺に近づき、小声で話しかけてきた。

奴隷たちは、集団生活を始めてから初の調理と、久しぶりの温かい食事に夢中になっていて、俺たちの会話には注意を向けていない。

「このまま宗教都市ロウで匿うのは現実的じゃない。けれど、ここから出るには〈天雷の城壁〉がある」

宗教都市ロウを難攻不落たらしめている二重の城壁――〈天雷の城壁〉は、〈天雷の塔〉の副産物であるため、かなり強力な結界だ。

といっても、気配を消す術《すべ》を持たない弱者や大型モンスターにしか効果はない。

俺やオゥバァ、中位忍犬クラスなら素通りできるため、これまで脅威だと感じたことはなかった。

しかし、奴隷たちは〈天雷の城壁〉を突破できないので、城門を通るしかない。そして、逃亡奴隷がすんなり通過させてもらえるわけがない。

「やっぱ難しいでしょうね。過去に大規模な奴隷の脱走が成功したなんて話は聞いたことないし。少なくとも宗教都市ロウではね」

数人の奴隷たちが、作った料理を俺に持ってきてくれたのを機に、オゥバァは深刻な話を打ち切って離れていった。

俺はやってきた奴隷たちから料理を受け取り、その味に驚いた。

蒲焼きや雑炊など、どれも俺が作ったものより明らかに美味しかったのだ。料理人という職業の者が作ったためらしい。

そういえばシノビノサト村にいたのはシノビばかりだった。例外はフウマと、シノビになる前の盗賊くらいのものだ。

お礼に、「一粒の米には八十八人の神様がいる」という、ヒイジッチャンがしたとされる説教を教えてあげた。そのくらい米は貴重だという話だ。

実際、ヒイジッチャンは米を探すのに相当苦労したらしい。

ちなみにシノビノサト村で最も警戒が厳しいのは、村長宅ではなく米蔵だ。

奴隷たちは嬉しそうに「フウマ様の戒律に加えます」と言っていたが、なんのことかわからなかったので、とりあえず料理のお礼だけ言っておいた。

第3章 〈治癒神の御手教会〉の秘密

1

「解放神フウマ様」とエルフの女に呼びかけられた俺は、キョトンとして振り向いた。

目の前には、エルフの女の他に獣人や魔族たちも集まっている。彼らは一様に真剣な目で俺を見ていた。

エルフの女は、最初に助けた奴隷たち二十三人のうちの一人で、リーダー格だった人物だ。

初期に解放された二十三人は、「はじめの二十三人」や「二十三使徒」などと呼ばれ始めていて、奴隷たちのまとめ役になっていた。

三百人を超す奴隷たちの代表者のような存在に神と呼ばれて、「はい、なんですか？」と答えられるほど、俺は図太くない。

「……待ってくれ。解放神ってのはなんだ？　俺は神なんかじゃないよ」

以前勇者と呼ばれた時よりも遥かに混乱が大きい。

なにせ圧力が違う。あばら屋に入りきれなかった奴隷たちも、このやり取りを見ようと、崩れた壁の向こうから覗いていた。

あばら家の内外にいる奴隷たち三百人の視線が、俺の顔に集中しているのだ。

俺と戦った獣人の男もヒメサマーもオージ・デンカも、皆がこのやり取りに注目している。当然、奴隷ではないセーレアやオゥバァ、リノもだ。

「いいえ！　貴方様のように、圧政に苦しみ嘆く奴隷たちに慈悲を与える存在を、きっと本当の神と呼ぶのです！」

治癒神を崇める〈治癒神の御手教会〉に散々弾圧されてきたエルフや魔族、獣人が、治癒神を崇拝したくない気持ちはわからなくもない。だからといって、俺を解放神などと言って崇めるのはやめてほしい。治癒神のように、傷を癒やす奇跡を行うこともできないのだ。

このエルフの女をどうにかしてくれと、肌の色こそ違うものの同じエルフ種であるオゥバァに視線を向ける。

綺麗な銀髪から覗く長い耳をポリポリと掻いていたオゥバァは、「まぁ、いいんじゃない」とまるで他人事のように言った。というか完全に他人事という態度だった。

「いや。でもだからって」

「だって神なんてそんなもんよ？　ここらじゃ治癒神が幅を利かせてるから、新興宗教も新たな神も生まれないけど、僻地《へきち》だと様々な土着の神が信仰されているもの。だいたいあなたが以前いた勇者パーティーの中にだって、職業を偽装している奴がいるし、あなたも『自分は神だ』って言ってもいいんじゃない？」

「いやいや、他人がそうだから自分もやっていいって話じゃないだろ。……ん？」

（なんか今一瞬、聞き捨てならない台詞を聞かなかったか？）

ダークエルフの整った顔立ちを見つめ返す。

「偽装？　なにを、誰が？」

「職業を、勇者パーティーのメンバーの一人が」

しばらく思考停止していた俺は、勇者パーティーのメンバーを思い返してみた。

まずは、勇者パーティーのリーダーである勇者アレクサンダー。

（間違いなく、あいつの職業は勇者だ。〈勇気の心《ブレイブ・ハート》〉を使うところを見たことがある）

〈勇気の心《ブレイブ・ハート》〉はかなり有名なスキルだ。

全身が黄金色の光に包まれるという派手な見た目に、一度に複数の効果を得られるという強力なスキル。同じような効果を発揮するスキルは他の職業には存在しない。

次に、勇者パーティーで最大の火力を誇る赤魔道士フェルノ。

（こちらも考えるまでもない。……職業偽装どころか、〈火の小神〉の加護を受けていて、

〈炸裂小火弾《バースト・ボム》〉を使用できた)

〈炸裂小火弾《バースト・ボム》〉は、通常の赤魔道士には絶対に使用できない、加護持ちの赤魔道士限定の強力な魔法だ。

当然、他の職業の人間が偽装できるものではない。

ちなみに〈炸裂小火弾《バースト・ボム》〉クラスの魔法が込められた短杖《ワンド》や巻物《スクロール》は、ほぼ存在しないと考えていい。

最高位のS級冒険者パーティーであっても、一つも所持していないのが普通だ。

つまりそんな魔法を何度も使用していた彼女は、間違いなく赤魔道士だった。

そして、治癒神を信仰し、神の癒しの奇跡を起こせる癒し手エリーゼ。

(彼女も間違いなく、癒し手だ)

俺自身は治癒してもらったことはないが、傷を癒やすエリーゼを何度も見たことがある。俺は怪我をしなかったし、そもそも怪我しても治癒などしてくれなかっただろうけど。

とにかく、〈教会〉が神の奇跡と称える癒しの力をエリーゼは使用できるのだ。

(……いないじゃないか。勇者パーティーに職業を偽装した人間なんて……)

「〈ステータス表示《オープン》〉」

ふいに声が聞こえた。

視線を向けると、切り揃えられた銀髪の下の目が、俺の胸元を捉えているのが見えた。

おそらく俺の胸の辺りに半透明の小窓のようなものが出現していて、オウバァはそれを見ているのだろう。

いつぞやも使用された、特別な血を引く存在にしか使えないというスキルだ。攻撃的なものではないことは、俺も一度使用したため知っていた。それでもいきなりスキルを使用されてあまりいい気はしない。

「……あれ？　あなたって、シノビとかいう職業じゃないの？　〈最上位職〉なのは知ってたけど……。名前と職業がおんなじ？　変わってるわね」

興味深そうなオゥバァを無視して、俺は問いかける。

「そんなことはどうでもいい。それより勇者パーティーに職業を偽装してる奴なんか一人もいないぞ」

「そんなことないわよ。あなたもスキルを使ってみたら」

得体の知れないスキルを使用しようとした俺を怖がるかのように、リノは部屋の隅にあった空箱の陰に隠れてしまった。可愛らしい仕草だったので、ほんわかして笑ってしまう。

ちょうど目の前に、大勢のエルフや獣人、魔族がいるのでスキルを使用してみた。

一度に複数の相手に〈ステータス表示《オープン》〉のスキルを発動したのは初めてだったが、きちんと全員の胸元に半透明の小窓が出現した。

相変わらず、俺の〈ステータス表示《オープン》〉のスキルは不具合が発生してほとんど読めない。だが、名前や職業、称号の欄はちゃんと表示されている。が、何かおかしい。

初めは、文字の表示もおかしくなって読み間違えたのかと思った。

確かめようとして、奴隷たちのステータスの称号を順に眺めていく。

「…………………」

「どうしたの？　見えないの？」

俺はビビリながら周囲にいる奴隷たちを見回す。

皆、神を見つめるような、キラッキラした瞳をしている。

「……なぁ、オウバァ」

「なに？」

「彼らの称号に、〈解放神フウマの信仰者〉って出てるんだが……。解放神フウマってなに？　そんな神様いるの？」

「そうなんだ。じゃあ、いるんじゃないかしら」

「――いやいないだろ⁉　話の流れ的に、解放神って俺のことなのか⁉」

「昔の神様もそういう感じで誕生したのかもね。……まぁ、私にしてみたら、治癒神のように邪神にしか見えない神もいるけど……」

「治癒神が邪神って……」

いくらなんでもあんまりな台詞に、俺は驚きも忘れて苦笑した。

確かに治癒神を崇拝する〈治癒神の御手教会〉は、いろいろとやり過ぎることも多いし、汚い部分もあるだろう。

だが癒しの奇跡を司《つかさど》る治癒神が、邪神などとは到底思えない。もっと攻撃的で邪神のイメージに合う存在はいくらでもいるだろう。

「あなたって変な人ね。てっきり〈ステータス表示《オープン》〉のスキルを使用してとっくに気づいてるかと思ったのに……」

「シノビの掟にもあるし、ジッチャンにも厳しく言われてるんだ。力をみだりに使うな、って。もちろん必要な時だったり、仕事だったりする場合は別だけどさ」

「そうよね。〈潜伏〉を使って着替えを覗こうとしたりしたら、さすがにドン引きだわ。……それはそれとして、ホントに覗きにスキルを使ったことないの？　絶対に一度も？」

「……ないよ」

ちょっと間があったのは、まだガキだった頃、シノビノサト村に越してきたばかりのアイリーンの肌がやたら白くて珍しかったので、風呂場を覗いたことがあったためだ。

周囲にいるのはよく日に焼けた女ばかりだったから、あくまで好奇心からの行動だった。

「女の裸に興味がないわけじゃないけど……」

自分で言ってから「なにを言ってるんだ俺は」と思っていると、「なにをやってるんだお前は」と突っ込みたくなる色白エルフが目の前にいた。奴隷たちのリーダー格の女が肩紐を外しており、他の女や少女たちも服を脱ごうとしている。

「ちっ。これだから英雄とか勇者とか呼ばれる輩《やから》は……」と、これみよがしにセーレアが舌打ちした。

「やめてくれ」

遠くからこっちを睨む青魔道士の女と、目の前の女たちの両方に告げるつもりで言った。どさくさに紛れて、俺と戦った獣人の男まで腰布を外そうとしていたが、俺にそんな趣味はない。毛むくじゃらのガチムチとか誰得なんだよ。

モテモテの勇者を羨ましいと思ったことがないわけではないが、これはこれで大変だと思い知る。ハーレムのような状況なのにまったく嬉しくなかった。

「ちょうどいいわ。あそこに〈治癒神の御手教会〉の人間たちがいるわ」

オゥバァの指し示す方向――崩れた壁の隙間から、癒し手らしき風貌の者たちが複数見えた。かなり遠い上に〈隠形〉越しなので、まったくこちらには気づいていないようだ。

おそらくパレードの準備役兼俺たちの捜索役を担っているのだろう。ご苦労なことだ。

「〈ステータス表示《オープン》〉」

ぞんざいにスキルを放つ。

〈隠形〉を見破れるほどの手練れはまずいない。攻撃性のないスキルなら使っても大丈夫だろう。

あっさりここを見つけたオゥバァがおかしいのだ。

やはり、遠距離からスキルを使用された癒し手たちは気づかない。

「相変わらず称号と職業くらいしか読めないんだが……ん？　……あれ？　あれれ」

ぶつくさと呟いた俺は、何度も目をこすって見直す。

生まれてこの方、目がかすむとか、疲れ目で見間違えるなどということはなかった。だがどう見ても、見間違いとしか思えなかった。

「なぁオウバァ。……あいつら癒し手だよな？」

「癒し手、と呼ばれているわね」

「……ん？　呼ばれてる？」

「癒し手なんて職業は存在しないわ。勇者や盗賊、赤魔道士なんかと違ってね……」

「……は？」

何度見ても、職業欄に書かれた文字は変わらない。癒し手たちの職業欄には、あり得ない職業が表示されている。

「だから言ったでしょ？　癒し手なんて存在を広め、強固な組織を作り上げた治癒神なんてのは、邪神だって」

息をするのも忘れ、俺はステータスをガン見した。

癒し手たちのステータスに表示された職業は、聞きなれた、だが同時に信じられない職業だった。

〈職業：青魔道士〉

表示されているのは、他の魔道士などの半分の種類しか魔法が使えず、使用できる攻撃魔法でさえ最弱とされる、最も不遇な魔法職の名称だった。

「――慈悲深き治癒神も、奇跡による治癒も、全部デタラメよ」

2

奴隷商館護衛の五日間の任期を満了し、約束通り成功報酬金貨百枚と追加報酬金貨五十枚を受け取ったエリーゼは、父の部屋を訪れていた。

勇者殿とフェルノ殿を交えずに、という父の指示に従って一人でだ。

執務室をノックして来訪を告げると、「入れ」という父の声がした。いつもいる取り次ぎの者はなく、入室すると室内には父一人だけだった。

（奴隷商館の護衛失敗の件ではないの……？）

対外的には任期満了だが、実質的には襲撃者の影さえ掴めなかったのだ。

てっきりそのことで呼び出されたと思っていたエリーゼは、顔には出さなかったものの当惑していた。

勇者パーティーに支払われた報酬は全部で金貨四百五十枚。護衛依頼の報酬としては法外だったが、支払ったのは父ではない。父はあくまで口利きをしただけであり、支払いはすべて奴隷商館組合の組合長が行った。

おそらく組合長も、なんらかの理由をつけて奴隷商人たちから強制徴収しただろう。なにせ勇者やフェルノが破壊した支配人室の調度品などの弁償代も、「護衛に必要な行為だった」として、勇者たちは銅貨一枚すら支払うことを拒否したのだ。組合長とはいえ一人で負担するのは難しい金額のはずだ。

勇者パーティーが護衛した、人間をメインに扱う奴隷商館には、襲撃者は現れなかった。危ない真似をせずに報酬を得られたのだから、勇者パーティーとして損はない。

しかし、紹介者である父は、格下の組織である奴隷商館組合相手とはいえ、顔を潰されたと考えて小言を言ってくるかもしれないとエリーゼは予想していた。

だが、その件については通り一遍の注意を受けただけで、すぐに別の話に移った。

軽く叱られただけのエリーゼは、安心するどころか、これから始まる話に緊張を覚えずにはいられなかった。

気を引き締め直したエリーゼの様子をじっくりと確認していた父は、おもむろに口を開いた。

「聖女の地位に就くとなればいずれ知ることになるだろう、〈治癒神の御手教会〉の秘密について話す」

父がこのタイミングでわざわざ切り出した秘密に、エリーゼは大いに興味を引かれた。

「秘密とはなんでしょうか？　ずいぶんと穏やかではない単語ですね」

おそらく、攻撃魔法を習得することを禁じる戒律となにか関係があるのだろうと予想がついたが、エリーゼはなにもわからない振りをした。

「なぜ〈治癒神の御手教会〉が大きな権力を握ることができているかわかるかね？」

「王族や大貴族、大商人といった方々が、私《わたくし》たちの信仰を理解してくださっているからですわ」

「建前はよせ。ここには二人だけだ」

「……現世利益……もっと単純に言うなら、高額なお布施と引き換えに、いつでも自分や家族の治癒をしてほしいから、ということでしょう」

「そのために必要なのはなんだと思う？　我々〈教会〉が権勢を維持するのに必要な条件はなんだかわかるか？」

「優れた治癒の技術――どのような傷も病も治せるような力……でしょうか？」

「違うな。まったく違うぞ、エリーゼ」

父の全否定に、エリーゼは初めて顔を少ししかめた。

「間違ってない、とそう思っている顔だな。……だが違う。言い方を変えよう。もし、喉の渇いた者が目の前にいたとする」

ついこの間体験したばかりのエリーゼには、容易に想像できるたとえだった。

「そいつに必要なのは、水だ。命を繋ぐためのな。そして絶対に必要なのだ」

「それが？」

「つまり、水が冷たくて美味しい綺麗なものである必要なぞない。腐りかけた濁った水でも、必要なら、ありがたがって買う。大金を出してもな。……先ほどのエリーゼの答えを違うと言ったのはそういうことだ。極論を言えば我々の癒しの奇跡は、ちょっとした風邪を治したり、かすり傷を癒やしたりする程度しかできなくても別に構わない。重病が多少なりともよくなるかもしれないと病人とその家族が思えば、それで十分なのだ。……報酬を得て、地位を維持するのにはな」

「なるほど。真面目に訓練に励む必要などないと」

「当然だ。むしろ訓練に励むことなど邪魔になるだけだ。そんなことにうつつを抜かしているうちに、なんらかの権力争いで劣勢に立つ可能性がある。努力とは、甘美なものだ。愚者ほどその甘い毒を好む。『努力したから成功する』だの『努力は自分を裏切らない』だのというのは馬鹿で愚かな弱者の思考だ。失敗続きだからこそ、成功を意識し、散々現実に裏切られ続けているからこそ、努力のなんたるかを語りたがる。……実に愚かだ」

「とするとお父様は、〈教会〉の権勢を維持するのに最も大切なことはなんだとお考えなのでしょうか？」

「簡単なことだ。癒しの力を持つ存在が、〈教会〉以外にいてはならない、という一点に尽きる。……お前は知らないだろうが、かつて薬師《くすし》という職業があった」

「あの、雑草を混ぜ合わせて行商するペテン師のことでしょうか？」

「そうだ。〈教会〉が広めた風評によって、今ではそのような認識になっている。まぁ、まともな薬師の知識を持つ者は、あらかた神罰にあって、モンスターに食い殺されたり、手練れの野盗団なぞに襲われて死んでしまったりしたからな。技術の伝承もままならんだろうよ。他にも優れた薬草を処方する魔女と呼ばれる輩もいたが、そいつらも火炙《ひあぶ》りにしてやった。……もっともそれらは数百年も前の話、儂《わし》も口伝《くでん》でしか知らぬ」

「要するに、癒しの力を持つアイテムを作成できる連中を殺したのでしょう？　とてもいい判断だと思います。後は、魔法やスキルで同様のことができる者がいるとやっかいですね。そちらの対応も、数百年前に……」

「無論だ。治癒神様は、とても優れた御方だった。既得権益というものの重要性をよく認識されていた。そこで大事なのは、新規参入する者を、物理的に、法的に、とにかく拒むことだ。独占さえしてしまえばどうとでもなる。だから今では、もし〈教会〉に属さない癒し手が治癒を行おうとすれば、違法行為となり、処罰の対象となる。それによって傷や病が悪化してはならない、正確な知識を持たない者の治療は危険だ、という大義名分のもとにな。また、そういった者たちを助長しないように、治癒を受けた者も処罰するというふうに取り決めることにも成功した」

エリーゼは明かされた真実に驚きつつも頷く。

「だが、ここで我らにとって頭の痛い問題があった。……平たく言えば、青魔道士のことだ」

「あの『半端魔道士』のことですか?」

エリーゼは自分で言って気づく。

おそらく薬師や魔女の風評同様、この「半端魔道士」という青魔道士の蔑称も、おそらく〈教会〉が意図的に広めたものだろう。

ただ実際に青魔道士は、他の赤魔道士や茶魔道士、緑魔道士たちの半分の種類しか魔法が使えない。あげく使える魔法の攻撃力にも乏しいという最弱職、のはずだった。

「まさか……!」

エリーゼは驚きの声を上げた。

「──癒しの奇跡を行えるのですか、青魔道士も⁉」

エリーゼの父は、苦虫を噛み潰したような顔をして言いよどむ。

「違う。……正確には」

「正確には、癒し手と青魔道士は同じ存在だ」

「………」

エリーゼは、さんざん蔑んだ存在と自分が同列にあると聞かされ、父親同様、表情を歪めた。

「これは……〈教会〉の上層部しか知らぬ真実。青魔道士が半分の種類しか魔法を使えないのではない。奴らも本来なら、他の魔道士たちと同じくらいの種類の魔法を習得できる」

「『半端魔道士』が使えぬ半分の魔法――それが神の癒しの奇跡なのですね」

だが、そうすると、「治癒神の癒しの奇跡」という触れ込みも当然嘘ということになる。

癒しの奇跡の真実は、いまだ発見されていないとされる回復系統の魔法に過ぎない。もしこの真実が発覚すれば、奇跡などではなくただの魔法の一系統に成り下がる。

その恩恵にあずかるのに、信仰心を持って教会に集まり、神に祈りを捧げる必要もなく、〈教会〉に多額の寄付をして徳を積む必要もない。

ただひたすら訓練を繰り返し、モンスターを狩ることで習得できる魔法でしかないのだ。

もしかしたら、回復魔法を込めた巻物《スクロール》さえあるかもしれない。

間違いなく、そんな代物は〈教会〉が手を尽くして回収し、すべて燃やしただろうが。

「だからこそ、攻撃魔法を――青魔道士が使うような魔法を習得しようとしてはならない、ということなのですね」

「そうだ。……癒し手には、青魔道士の使う水系統の攻撃魔法を覚える適性があるからな」

苦笑いしながら父は語る。

適性どころの話ではない。おそらく、習得しようと思えばあっという間に習得してしまうだろう。

仮にエリーゼが水系統の魔法を自在に操れば、それを見た者はなんと思うだろう？

変に思わない者もいるだろうが、聡《さと》い者もいる。

最終的にはその不自然さに気づき、この「癒し手＝青魔道士」という図式を理解する者も出てくる。

当然、王家は宮廷魔道士を抱え込むように、治癒を習得した青魔道士を抱え込むようになる。そうなれば、今のような〈教会〉の治癒の独占は難しく、王家や大貴族との癒着すら終わってしまいかねない。

少なくとも〈教会〉の既得権益はなくなるだろう。

「さて。……ここからもう一つの本題に入ろう。……これは〈減魔結晶《げんまけっしょう》〉という、魔法の威力を減らす力のあるマジックアイテムだ」

父がテーブルに置いた、青い水晶のような物をエリーゼは見つめた。

「〈減魔結晶〉は、その色と同系統の魔道士が使う魔法の威力を減衰する効果がある。青いこれなら、青魔道士の水系統の魔法を弱めることができる」

「ずいぶんと強力な物なのですね」

「それなりにな。だが、使い切りのアイテムであるし、その辺のダンジョンや道具屋などで手に入れることは不可能。これは、その色と同じ色の魔道士が魔力を特殊な石に込めることで、この透明な結晶となる。……つまり、青魔道士でもある我々だからこそ、〈教会〉は大量に保有できている」

「……なるほど。それによって、邪魔な青魔道士を殺してきたわけですね」

「あぁ。青魔道士の中には、優れた能力によって、自力で癒しの奇跡の習得に成功する者もいる。……潜在意識や思い込みというのは強力でな。癒しの奇跡は、神の御業《みわざ》であり、癒し手にしか使えないと思っていれば、どの魔道士も練習などしない。そして思い込みが強力であれば、訓練したところで習得などなかなかできるものではない。訓練しても使えるようになるのは青魔道士だけだが……おっと話がずれたな。とりあえずそれを受け取りなさい」

エリーゼは、恐る恐るそれに触れる。自らの魔法を弱める力を持つアイテムなど持ちたくもない。ついでにいえば、次になにを言われるか予想できたことも、触れるのに抵抗を覚えた理由の一つだった。

「その〈減魔結晶〉を使って、邪魔な青魔道士を消しなさい。一連の奴隷商館襲撃事件で、最初に奴隷商館を襲撃した女だ。名はセーレアという」

「どうして、他の者に依頼しないのですか？」

「理由は三つある。一つは単純に〈減魔結晶〉の存在や〈教会〉が青魔道士を消していることを、あまり多くの人間に知られたくないからだ。セーレアを即座に消さなかった理由もそこにある。これまで怪しい動きもなく、うつけだと思われておったからな。殺すまでもないと上層部では判断していたのだ」

「もう一つは、私が聖女となるために、他の上位聖職者たちに〈教会〉への貢献をわかりやすく示すのですね。奴隷商館の護衛で成果も出せませんでしたし」

父は「そうだ」と深く頷いた。

「セーレアという青魔道士の女は、かつて〈教会〉に襲われて母を失ったものの難を逃れている。

どうやって逃れたかは当時はわからなかったが……今ならわかる。奴隷商館襲撃時、相当強力な魔法を使ったそうだからな」

「癒しの奇跡……いいえ。回復魔法によって一命を取り留めたのですね？」

「おそらくその通りだろう。……そして三つめの理由、これは単純だ。お前たちが勇者パーティーからクビにした男が、そいつと一緒に〈教会〉が認可した奴隷商館を襲ったためだ。他の襲撃についてもなにか知っているかもしれん」

尻ぬぐいは自分でしろ、という父の発言に、エリーゼは頷いた。

十分な兵力も与えられるし、そもそもあのようなトラップを仕掛ける程度の能しかない輩に負けるつもりなど毛頭なかった。

最大の問題となる青魔道士の女も、魔法をほとんど封じられるのなら物の数ではない。

自らのあまりに順調すぎる人生に、エリーゼは口元に浮かび上がる笑みをこらえるのが大変だった。

（後世の歴史では、聖女エリーゼの尊《とうと》い名は、広く知られることになるでしょうね）

ひょっとしたら神々の末席に名を連ねられるのではないか、というあり得ない妄想さえ浮かんだ。

3

しんと静まり返った室内に、誰かの荒い息遣いだけが聞こえた。「癒し手＝青魔道士」という衝撃の事実を聞いた奴隷たち三百人の誰かなのか、俺自身のものなのか、判別がつかない。

それほどの衝撃で頭が真っ白になっていると、ふいに「ふぁっふぁっふぁっ」という柔らかな笑い声を思い出した。

数多の知識を持ち、長い時を生きた竜《ドラゴン》でありながら、ただの笑い声を遺言とした上位竜。

〈天雷〉によって討たれた上位竜の、予言めいた言葉を思い出す。

――〈治癒神の御手教会〉の存在を根底から覆すような秘密だ。もしかしたら革命が起こるやもしれん。

そして上位竜はこう続けた。

――各魔道士組合も、大混乱に陥るだろう――『世界の謎に迫る秘密』だ。

癒し手の勢力だけでも、赤魔道士組合を上回るほどだ。青魔道士の勢力が組み込まれれば、王家以外に太刀打ちできる勢力はなくなるだろう。

また、青魔道士組合が〈教会〉の下部組織のようになれば、今の魔道士組合同士の勢力バランスは崩れ、さらには〈治癒神の御手教会〉と王家の関係も大きく変わるに違いない。

世界の謎とやらは不明だが、これだけでも革命が起きるに足る事実だ。

〈治癒神の御手教会〉の総本山である宗教都市ロウの民衆や、各都市の〈教会〉に所属する者たちなどがどうなるかわからない。

呆然とする俺の目に映っていた、癒し手たちの胸元にあった小窓が消える。

我に返った俺は、これからなにが起こるかを想像して気分が悪くなった。

大陸中に根を張る大組織が本気で抵抗を始めたら、民衆にとんでもない数の死者が出るだろう。

やはり俺は神なんかじゃない……。

奴隷たち三百人の面倒を見ることにさえ、重荷に感じ始めている。

（急いだ方がいいのか……？）

もし上位竜の予言が当たっていれば、真っ先に戦火に包まれるのは宗教都市ロウだ。そうなれば、いくら〈隠形〉でも匿うことは不可能だろう。

（……シノビノサト村の人口の三倍もの人数をどうするか）

俺の決定を待つつもりらしい奴隷やオゥバァたちの視線を受けながら、必死に考えをまとめる。

奴隷たちの目には、確かな信頼が見て取れた。他の誰でもない、俺に対する信頼だ。

（……そうだ。わからないこと、難しいことがあるなら、相談すればいいんだ……）

奴隷たちと上手くコミュニケーションが取れて、前向きになっていたためだろう。普段の俺なら選択しないような方法を選ぶ気になった。

「……皆、聞いてくれ」

俺は三百人以上の視線を受け止めながら、悩み抜いた末の結論を述べる。

「勇者たちに助力を乞おうと思う。俺は彼らのために最難関ダンジョンのアフターケアまでしっかりしたし、つい最近まで同じパーティーの仲間だったんだ。……種族を超えて俺たち三百人以上が協力できたんだから、きっと彼らとも上手くいくさ」

勇者たちにいい感情を抱いていない者も少なくないようだった。例えば、俺と戦った獣人の男などは顕著だ。

それでもヒメサマーやオージ・デンカ、二十三使徒などが「解放神様がそうおっしゃるなら」と同意してくれ、他の面々も納得してくれたようだった。

「話し合いは簡単にはいかないかもしれない。何度も時間をかけて行う必要もあるだろう。けど、俺たちは知恵を持ち、言葉を持つ存在だ。――きっと話し合えば理解し合えるはずだ！」

シノビノサト村でも、村人たちで話し合って物事を決めることはあった。ここでの集団生活だってそうだ。

以前の自分がどうして上手くいかなかったのかわからないが、成長した今の自分ならきっと上手くいくんじゃないかと思えた。

話し合いをするという方針を決めた後、誰に話を持っていくかを考え始める。

勇者パーティーは三人。アレクサンダー、フェルノ、エリーゼ。三人との親しさはそれぞれ変わらない。逆にいえば、三人とも同じくらい距離があった。

それでも、最難関ダンジョンの帰り道が安全になるように十分配慮したことは、評価してもらえているはずだ。

ジッチャンの教えのためだったが、アフターケアを万全にしたことが、ここに来て好材料となったのだ。

(話し合うなら、当然リーダーである勇者が理想だが……やめた方がいいだろうな)

アレクサンダーは人間の美女には甘いが、男には厳しい。利用価値が高いと考える男に対してはそれなりに話し合いに応じるものの、俺の話に耳を貸すとはとても思えない。

(金でもあれば違うかも……。いや、今は懐《ふところ》が物凄く暖かいだろうから無理か)

最難関ダンジョンにあった財宝は、一度では持ち帰れないほどたくさんだった。あれだけの金銀財宝を得た今は、もうそこまで金銭に執着しないだろう。

(後は女だが……)

チラリと青魔道士のセーレアを見ると、ああん？　という感じで睨み返された。俺が考えていたことを読んだわけでもないだろうから、ただ単に不機嫌なだけらしい。

少しずつ打ち解けてきたと感じていた俺は、唐突な変化に戸惑った。

仕方なくオゥバァに目を向ける。

彼女は俺が悩んでいる姿が興味深いらしく、こっちをじっと見つめていた。目が合うと小首を傾げてきた。

（ダメだよな、ダークエルフじゃ……）

勇者アレクサンダーは非常にモテる。だから選《え》り好《ごの》みして、人間以外の種族に関心を示さない。

（フェルノは問題外……。とすると話し合いの相手はエリーゼしかいないか……）

消去法で最後に浮かんだのは、勇者パーティーで参謀役だった女性だ。

彼女については、パーティーで最も頭が回る存在のように感じていた。

（冷静沈着なところもあるし、計算高いところもある。……なによりこの秘密は〈治癒神の御手教会〉にとって無視できないものだ。きっと相談すれば、話し合いの席に着くくらいはしてくれるだろう。後は説得できるかどうかだけだ）

どこを着地点とすべきかまでは、まだわからない。

だがとりあえず、元パーティーメンバーのよしみと、秘密を知っているという立場を利用して、秘密を黙っていることと引き換えに、三百人の奴隷たちの安全くらいは確保しておきたい。

脱出の手配さえしてもらえれば後はなんとでもなる。

「そうと決まれば、早く動いた方がいいな……」

逃げ隠れする時間が長くなるほど、相手の心証は悪くなるはずだ。

皆に向かって、〈天雷の城壁〉が都市から脱出する際に問題となるため、〈治癒神の御手教会〉の上位聖職者の娘であるエリーゼと話し合う、と説明した。

敬虔《けいけん》な信者のように、奴隷たちは一斉に頷いた。

4

〈治癒神の御手教会〉の総本山と名高い宗教都市ロウは、内壁によって一般区と宗教区に分けられている。

宗教区の人口は広大な敷地に比べて少なく、閑静な趣《おもむき》があった。

しかし今、その静けさは破られ、広々としたエリーゼの自宅前の庭園には、薄汚れた襤褸《ぼろ》を着た奴隷たち三百人ほどとセーレア、リノが俺と共に立っていた。

オウバァは綺麗に葉が整えられた高木の枝に腰掛けている。文字通り高みの見物をしているらしい。

奴隷は絶対に入れない宗教区の、楽園のような美しい光景に気圧されているのか、これから始まる話し合いに緊張しているのか、奴隷たちは三百人いるとは思えないほど静かにしている。ひと言も聞き漏らすまいとするかのようだ。

俺は、この奴隷たちを助けたいこと、しかしそのためには〈天雷の城壁〉が邪魔であることをエリーゼに語った。

恩着せがましくなるかと思ったが、最難関ダンジョンの帰り道についても軽く触れた。

「その節は大変お世話になりました」とエリーゼは微笑んだから、ちゃんと帰り道の安全を確保したことには気づいてくれていたらしい。

少し安心した俺は、ついでに〈治癒神の御手教会〉の秘密についても偶然知ってしまったことを告げた。

その時、エリーゼの視線が、俺の背後にいるセーレアに向かうのがわかった。

「まぁ……それはそれは……」

エリーゼは心から労うように、俺に微笑みかけてくれた。

最後に会った時にはろくに目も合わせず、「さっさといなくなればいいのに」とぼそりと呟かれたが、今は柔らかな物腰だった。

さすがに〈隠形〉を解除して姿を見せた瞬間は顔が引きつったように見えたが、特別な使い切りのマジックアイテムの効果だと説明するとすぐに平静に戻った。

奴隷たちにはバレてしまっているが、それでも盗賊として振る舞うというジッチャンとの約束を忘れたつもりはない。

「おい。アレ……」「しっ、黙ってろ」などという話し声がエリーゼの背後から聞こえてきた。〈教会〉の敷地なのだから、癒し手や警備の者が大勢いるのは不思議ではない。だが、赤魔道士や緑魔道士などの集団がいるのは不思議だった。

なにか大きな会合でもあったのだろうか。

ざっと見て二百人ほどもいる。

もしかしたら、勇者パーティーの最難関ダンジョン攻略を祝うパレードの打ち合わせに集まっているのかもしれない。

彼らが中に入るためか、広い門が開きっぱなしになっていたおかげで、俺たちが三百人いても楽々入り込めたのだ。

なにやら彼らは騒然とした様子だが、宗教区に勝手に入り込んだことを怒っている可能性がある。

なにせ人間の俺やセーレアだけでなく、リノやオゥバァ、奴隷たちまでいるのだ。

魔族やエルフ、獣人などを目の敵にしている〈教会〉の敬虔な信者としては、心穏やかではいられないだろう。

「事情はよくわかりました。……それにしても私《わたくし》たち〈教会〉の秘密ですか……。残念ながらまったく心当たりがございません。もしわずかでもなにか知っていれば、力になることもできたかもしれないのですが……」

困惑の色を浮かべるエリーゼを見て、俺も困った。

当てが外れてしまった。

エリーゼは、勇者パーティーに推薦されるほど将来を嘱望《しょくぼう》された癒し手であり、上位聖職者の一人娘という立場だ。

てっきり彼女なら、〈教会〉の秘密を聞かされているに違いないと思っていたのだが。

「少々お待ちいただけますか。今、お父様と勇者様、それにフェルノも呼んでいる最中ですので……」

ニッコリといい笑顔を見せるエリーゼ。

「あぁ。突然来たのはこっちだからな。申し訳ない。ただ、こっちもいろいろと事情があって……」

背後を振り向くと、俺に絶対の忠誠を誓うような、どこか空恐ろしい眼差《まなざ》しをした奴隷たちと目が合った。

「彼らも一緒に待たせてほしい」

「構いませんよ。……ところで、こういった話をご存知でしょうか」

「なんだ？」

エリーゼに話しかけられ、前に向き直る。

「この世界における職域の絶対性とでもいうべきものです」

「職域？」

〈教会〉の秘密にピンポイントで関わる話題だったので、ちょっと声が上擦《うわず》った。やっぱりなにか知ってるんじゃないかと思って表情を観察したが、エリーゼは微笑んだままだ。

「……青魔道士はどれほど魔法の訓練を積んでも、赤魔道士に魔法の威力で勝つことはできません。同じように、勇者に他の職業の存在が勝つことはできないのです」

盗賊は勇者に勝てない。

これは、水が高い所から低い所に流れることと同じくらい絶対的な法則だった。

モンスターを倒すことによって得られる経験や魔法による支援、装備によるパワーアップなど、戦闘に関わる要素は無数にある。でも、その職業が持つ補正やスキル、魔法などで、大抵の条件は優位性を失ってしまう。

最高レベルの青魔道士が血の滲む努力で魔法の攻撃力を一割増したとしても、平均的な赤魔道士にも遠く及ばない。そういうものだ。

唯一それを覆す可能性があるのが、小神の加護だといわれている。

といっても、世界がひっくり返るほどの真実を知った今では、この話もどのくらい信じていいのか半信半疑だった。

ただ経験的に、それほど間違っていないだろうという確信もあった。

待っていた相手を含む大勢の気配が近づいてきたので、そちらを見る。

完全武装で現れた勇者アレクサンダーとフェルノ、そしてエリーゼの父と思《おぼ》しき紳士風の壮年の男性。他にも手練れらしき護衛たちが十人ほど従っている。中には見覚えのあるS級冒険者たちもいた。

「……おいおい。勇者である俺様を呼びつけたのは貴様かよ、薄汚い黒髪野郎。ちょうどボコボコにしてやるつもりだったから手間が省けたがな」

勇者やフェルノの表情には、なぜか好意的なものが全く浮かんでいなかった。

5

「最難関ダンジョンではさんざん世話になったなァ！　おかげで、見ろよ、俺様の鎧がかなり傷《いた》んじまってるだろ！」

「そーだそーだ！　この薄汚い盗賊野郎めっ！　おかげであたしなんか、財宝をほとんどなくしたんだから！」

罵る勇者とフェルノを見て、黒髪の盗賊はキョトンとした。

いかにも「なにも知りません」という表情に、エリーゼは激しい怒りを覚えた。

（……くっ！　この期《ご》に及んでしらばっくれるとは……！　これは屈辱ね！　知らない振りをすれ

ば逃げられると思ってるなんて、こっちを舐めてるということだわ）

「……なんのことだ？」

首を傾げる盗賊の仕草にさえ怒りを覚える。

「……お待ちください、勇者殿」

両陣営合わせて五百人を超える者たちの間で異様な気配が高まる中、エリーゼの父が冷静な声を発した。

「まずは、そこにいる青い髪の女――青魔道士のセーレアを殺さなくてはなりません。彼女は多数の奴隷を逃がすことを画策し、我が〈教会〉に甚大な被害を与え、王国さえも転覆させる陰謀に加担していたのです」

「なんだとっ！」

あまりの台詞に勇者が目を剥く。

エリーゼもそんな話は聞かされていない。おそらく作り話だろう。実際セーレアとかいう女も薄汚い盗賊も、びっくりした顔をして固まっている。

「これは王家に対する反逆行為です。王家の支持を受けている勇者様にとっても見過ごせないことでしょう。また、S級冒険者である彼らも酷い目に遭ったそうです」

S級冒険者チーム三人が一歩前に出て、盗賊を睨みつけた。

「そうです！　コイツは、俺たちが捕らえたそこの魔族のガキとダークエルフの女を逃がしたんです！　その二匹は俺たちの奴隷なんです！　勝手に奴隷を奪いやがって、この盗人っ！」

しばらく不思議そうな表情を浮かべて、S級冒険者たちの顔を眺めていた盗賊は、やがてたどたどしく答えた。

「ええっと……〈治癒神の誇りと赤魔道士組合の慈悲〉……だっけか？　いや〈赤魔道士組合の誇りと治癒神の慈悲〉だったか？　なんか似たような名前と同じようなパーティー構成の冒険者が多くてよく覚えてないんだが」

盗賊の言葉に、S級冒険者チーム〈治癒神の慈悲と赤魔道士組合の誇り〉は激怒した。

「……なんという酷い話だ」

嘆くように天を仰ぎ、嘆息したエリーゼの父は、治癒神に祈るように手を組み、盗賊に語りかけた。

「盗賊の少年よ。……確かフウマと言いましたね。……他人のモノを奪ったことも罪ですが、自分を追放した勇者殿たちを逆恨みしてトラップを仕掛けるなど、人間のする行いではありません」

「プッ……」と、高木の枝に腰を下ろしているダークエルフの女が吹き出した。

困惑した表情のままのフウマを見て、エリーゼは一歩踏み出す。

「とりあえず、そっちにいるセーレアだけは引き渡してくださいませんか？　彼女がこちらに来たくないというのなら、是非説得をお願いします。……かつての仲間として」

「……仲間」

「そうです。それなりに長い間、寝食を共にした仲ではありませんか？　おっしゃっていたでしょう、辺境の村での生活が長く、外の世界に出て初めてできた友達だと。今一度、その友達を信じてみてはいかがでしょうか？　私《わたくし》は決してあなたを裏切ったりはしません。セーレアが恐ろしい陰謀に加担していたかどうかも、上位聖職者の一人娘として尽力して真相を突き止めてみせます。彼女を罰するのはそれからで十分だと思っています。これはあなたの友達として、これ以上あなたの立場を悪くさせないための忠告です」

真摯な口調も憂えるような表情も、完璧に作れている自信がエリーゼにはある。きっと第三者からは、間違いなく善人が愚者を諭しているように見えるはずだ。

無数の奴隷を相手に実践で鍛えたテクニックだ。今では、奴隷を鞭打つ指示を裏で出しているエリーゼを、次期聖女に相応しい慈愛に満ちた少女だと、当の鞭打たれた奴隷たちが褒《ほ》めている姿を見かけるほどになっている。

「……友達」

鸚鵡《おうむ》返《がえ》しに繰り返すだけの盗賊の馬鹿っぷりに、青魔道士の女はさすがに呆れた表情を浮かべている。

馬鹿な少年を騙すことには成功しても、〈教会〉の追及を長年にわたって逃れていた女までは騙せなかったようだ。

残念に思っていると、意外なことに標的である青魔道士の女は、エリーゼの方に一歩踏み出した。

それも無防備に。

「……なるほど。……あなたは勇者パーティーの仲間ではなかったんですね。すみません。恨む相手を間違えていたみたいです」

「なにを言ってるんだ、セーレア。俺は彼らの仲間だったさ」

「だったら……」

さらに一歩、セーレアが近づいた。

懐の中の手に、思わず力が入る。

「……彼女らがいったい私をどうするか、その目でよく確かめることね」

目の前まで無防備に、杖を抜くことすらなく歩いてきたセーレアに、エリーゼは内心戸惑いつつもにっこりと微笑み、抱きしめるように近づき――隠し持ったナイフで腹をひと突きした。

癒しの奇跡――いや回復魔法を使えることを警戒して、二度、三度と刺し、癒し手として優秀なエリーゼですら回復が不可能な傷を負わせた。

「……えっ？」

呆然とした盗賊の呟きが空虚に響く中、大量の血を流してゆっくりと崩れ落ちるセーレアの体。

「やれやれ。取り越し苦労だったかな。……あの油断ならない頑固者の冒険者ギルド組合長《ギルドマスター》の肝入りという話だったから、それなりに準備したというのに。……ひょっとしたら、上のランクの職業である可能性さえ考えていたのだがね。――〈天雷〉の備えも無駄になったな」

二百人も動員して無駄金を使った、と嘆くエリーゼの父。

「え……？」と再度呟き、血を流して倒れたセーレアと、血まみれのナイフを持つエリーゼを交互に見つめる黒髪の少年。

「勇者様、もうそこのバカを殺しても結構ですよ。……というか〈滅魔結晶〉も必要ありませんでしたね」

エリーゼは、後の台詞だけは口の中で呟いた。

「死ね、ゴミが――！」

散々、毒ガストラップで苦しめられた怒りをぶつけるかのような、勇者の上段からの鋭い一撃。

銀色の鈍い光を放つ一閃が――どこか不自然に、それた。

（……アレクったら力み過ぎですわ。いくら復讐心に燃えているからって……）

剣の軌道が盗賊の頭上で歪んだように見えたが、きっと気のせいだろう。

アレクサンダーも首を少し傾げていたが、剣を上段に構え直す。

再び斬りかかろうとしたアレクサンダーだったが、兵たちの騒ぎに手を止めた。

「ひっ……ゾンビだ！」

「アンデッドだったのか！　あの青魔道士の女！」

「うるさいですわね。なんの騒ぎ――」

エリーゼが兵たちの視線の先に目を向けると、死んだはずのセーレアが、口から血反吐《ちへど》を吐きながらも立ち上がった。

目は充血し、顔色は真っ青で、死人同然の様子だ。

いつの間にか、隠し持っていたらしい折り畳み式の杖《スタッフ》の先端を腹部の傷口に当てている。

先端にはめられた青い宝石が、いやに眩しく見えた。

「はぁ……はぁ……〈水の小神〉の加護よ、私に力を与えたまえ……」

フェルノが加護の力を使用する際の詠唱によく似た呪文。S級冒険者やこの場にいる手練れたちなら、聞いたことがある者も多いだろう。

「〈中治癒《ミドル・ヒーリング》〉」

聞いたことのない魔法に、エリーゼの心に戸惑いが広がる。

癒し手が使えるのは〈小治癒《ライト・ヒーリング》〉だったはず。

フェルノ同様、加護を使うことで、より強力な魔法を使えるのかもしれないと気づいた時には――起こってはならない奇跡が起きてしまっていた。

口元の血も衣服の血痕もそのままだったが、明らかにセーレアの顔色が正常に戻っていく。

癒しの奇跡を見たことのある兵たちには、目の前で起きたことがなんなのか、すぐにわかってしまったようだ。

「……え？　おい」

「なんで……青魔道士が……癒しの奇跡を……」

「ありえねぇだろ」

ざわめく二百人の兵たち。

黙って事の成り行きを窺っていた奴隷たち三百人ほども一気に騒がしくなる。

腹を三度も深々と刺された女が、口から血を吐きながら立ち上がった上に、破れた血染めの服から覗く傷が見る見る塞がっていくのだ。

「門をしっかりと閉じておけ。この場の誰一人として逃がすな」

底冷えのする声が響いた。

エリーゼは、ここまで酷薄な父の声を聞いたのは生まれて初めてだった。

その父の視線の先にいるのは、強い信仰心を抱いた瞳をした精兵たち。癒し手ではないが、殺しに長けた強兵たちが一斉に返事する。

「はっ！」

「お、お父様……！」

敷地の中央にある〈天雷の塔〉に向かう父の背に、すがるように声をかけた。

だが、振り向いた父の瞳にあったのは、使えない者を見る侮蔑《ぶべつ》の色だった。

「……青魔道士一人満足に仕留められぬどころか、面倒を引き起こしおって」

〈天雷の塔〉に向かって父の背が遠ざかっていく。

ここまで言われて、エリーゼは青魔道士の女がどうして自分に刺されたのか気づいた。

回復魔法により見事な復活を遂げることで、こちらの秘密を暴くつもりだったのだ。

仮に、言葉で訴えただけなら一笑に付されただろう。だが目の前で見たことを信じる者は多い。

（口封じをしなくては……！）

この場にいる二百人はエリーゼの味方のはずだったが、今では生きているだけで〈教会〉の屋台骨を揺るがしかねない存在となってしまった。

幸い二百人の兵たちは馬鹿ばかりで、目の前で起きたことがどれほど大事に繋がるのか、まだ理解できていない。呆気に取られた表情のまま、口々に不思議がっているだけだ。

だが、さすがにセーレアやフウマは、どれほど大きな意味があるのかを悟っている様子だった。

「は……話し合いをしましょう」

震え声の提案に、乾いた笑い声がかぶさる。

「は、はははは……」

乾ききった笑みを浮かべたフウマは、黒髪をがりがりと掻いて俯いた。

「はぁ……俺は……馬鹿だ……騙されてるとか、嫌われてるとか、気づいてたのに……気づいてたのにな……。それでも自分の直感を押さえつけて、理屈を信じようとした……元パーティーメンバーだからとか、精一杯仲間のために頑張ったんだからとか……。今回こうして来たのだって、奴隷たちと上手くいったから、エリーゼたちとも上手くいくという根拠のない自信からだった。俺はただ、信じたかっただけなんだ……」

「そういうのをある意味、信仰っていうのかもね」

黒髪のフウマに相応しい、黒みがかった茶色の肌をしたダークエルフの女が、高木の枝から気遣うように声をかけた。台詞こそ突き放したものだったが、声音は優しかった。

「あなただけじゃない。信じたいものを信じるってのは普通のことだもの。ほら、あなたの周りにいる三百人の信者たちだってそうでしょ。……いつまで俯いてるの。そのままだときっと後悔することになるわよ？」

女の声に必死な調子が混じると、フウマはハッとして顔を上げた。

そしてどこやらに目を向けると、次に曇り空を仰いだ。フウマの口から「マジか……」という呆然とした呟きが漏れるのが聞こえた。

（相変わらず愚鈍ね。いったいどこを見ているのかしら）

フウマがすぐさま奴隷たちに「逃げろ！」と大声で指示を出し始めた。

獣人の雄が同族の雌を抱えて慌てて走り出す姿は、滑稽《こっけい》ですらあった。

（ほんと馬鹿ばかりね。今更自分たちの仕出かしたことに気づいたの？　でも無駄よ。お父様は門を塞ぐように指示を出された。もうこの屋敷の敷地からは一歩も外に出られないわ）

唐突に、空で雷鳴が轟《とどろ》いた。

辺りが一瞬、光に包まれる。

「……えっ……」

頭上から降り注いだ一本の太い柱のような雷が、二百人いた兵のうち百五十人くらいを消し飛ばした。

轟音の中、衝撃波に巻き込まれて吹っ飛ぶ勇者とフェルノを目に捉えた瞬間、エリーゼの視界がいきなり回転した。

綺麗に整えられた芝生《しばふ》に頭から突っ込み、口の中に青臭い味が広がる。

エリーゼは砂利とちぎれた草を吐き出し、顔を上げた。

もうもうと立ち込める土煙の向こうに、端が見えないほど巨大なすり鉢状の穴が、突如出現していた。

かつて〈天雷の城壁〉最上部にある展望レストランの特等席でワイングラスを片手に見た、ワイバーンや下位竜などが地べたに這いつくばる光景と、今目の前に広がる光景は酷似していた。

〈天雷〉の見学会は、紳士淑女の社交場だ。超一流シェフによる最高級の食材を使った料理も味わえる。

エリーゼは、最高の珍味とされる竜《ドラゴン》のヒレステーキを食べたことさえあった。食材になった竜《ドラゴン》の配偶者と思《おぼ》しき竜《ドラゴン》が、すり鉢状に陥没した大地にへばりついているのを見ながら。

普段も、愚民どもを見下ろすために政財界の大物や上位聖職者などがレストランに集まるが、最大の見物《みもの》は〈天雷〉によって巨大なモンスターが屠《ほふ》られることだった。

愚民を虐げることなど当たり前過ぎて、今更快感など覚えない権力者も多い。だが、巨大生物を屠る瞬間は、自らの力の強大さに酔うことができた。

そんな時は、いつも最高級ワインが快感を増してくれていた。

（……え？　なんで私、ワインを飲んでないの？）

わんわんとうるさい耳鳴りの中、痛む体の節々をうとましく思いながらも上半身をなんとか起こして一番初めに思ったのは、それだった。

（私は、……愚民を、モンスターを……竜《ドラゴン》さえも見下ろす立場だったはず……。そんな私がなぜ、這いつくばって土の味を味わわなくてはならないの……？）

意味がわからない。

こんなことはあってはならない。

やっと収まり始めた土煙の向こうに、〈天雷の塔〉の前に辿り着いた父が、内部に向かって右手を上げるのが見えた。

その右手が断頭台《ギロチン》のように一気に振り下ろされた。

雲った空が、怒りを示すかのようにゴロゴロと鳴り始める。

（う……嘘……イヤよ、イヤ…………）

父は容赦のない人だ。

お気に入りのメイドだろうが、なんだろうが、使えないとわかれば捨てる。気に入らなければ捨てるのだ。

（私は、優秀……優秀なのよ……）

下半身が動かない。麻痺しているのか、怪我でもしたのか、それさえもわからない。

混乱していた。口から漏れるのは、癒しの奇跡を生む言葉ではなく、「イヤ、イヤ」という幼子《おさなご》の泣き言のようなものだけだった。

不気味に唸る空。

竜《ドラゴン》さえも葬る、神の裁きのような一撃の予兆。

幼い頃、父が冗談めかして言った台詞を、ふと思い出した。

「エリーゼ、もしお前が使えない子供だとわかったら、儂《わし》はお前を捨てるだろう。なぜかって？　代わりなんて、女を抱けばいくらでも作れるからな。……お前は美しいし、頭もいい。魔法の適性だってかなりのものだ。だがな、娘なんてのは二度女を孕ませれば一度くらいは作れるものだ。そして儂が適当な良家の美女を孕ませたのなら、当然のようにそれなりに美しい子供になる。優秀さだって、ハズレを適当に間引けば、いい具合のがすぐに見つかるだろうさ。……そうはいっても、儂は忙しいからそんな面倒なクジ引きはせん。……できればしたくないのだ。わかるな？　エリーゼ」

一拍置いて、父は冗談めかすような笑みを消してひと言だけ口にした。

――儂を失望させるなよ？

「い、イヤァァァァァ……‼　死にたくない死にたくない……死にたくない、じにだくないぃ！」

泣き顔を歪め、鼻水まで垂らして必死に匍匐《ほふく》前進する。
最難関ダンジョン！　そんなの今の状態に比べれば天国だった。
死んだ百五十人の兵たち。そんなのどうでもいい！
吹っ飛んだフェルノと勇者？　そんなのもどうでもいい！
（私だけ、私だけが生き延びられればそれでいいの！）
そうだ。
それが世界の真実だ。
（私を中心に世界は回っている――ゆえに私は絶対に死なない）
頭上から差し込む光。
尊い光のように感じられるそれを見て、エリーゼは悟った。
（私こそが、神に選ばれた最高の存ざ――）
一度目とは比較にならない衝撃を受けて、エリーゼの意識が飛んだ。

6

大型飛行モンスターであるワイバーンの襲撃程度では、平穏を乱さない街。

宗教都市ロウは、非常に堅牢で安全な都市のはずだった。

だが市街地を中心に、大きな悲鳴が上がっているのが、離れた場所にいる俺にも聞こえてきた。

「……馬鹿な……」

俺の戸惑いなど関係なく、再度、雷光が閃き地上に極太の線が走る。

光の柱が消滅した後も、目に焼きつくほどの強烈な光。

集められていた〈教会〉の兵たち二百人はほぼ全滅していた。

まさに死屍累々という二百人ほどの亡骸と、小さな火山が噴火でもしたかのように飛び散った土砂、土埃などによって、勇者パーティーのメンバーがどうなったのかさえわからなかった。

ただ、強運なのかS級冒険者パーティー〈治癒神の慈悲と赤魔道士組合の誇り〉の三人は無事で、屋敷の敷地から逃れようとしていた。周囲の壁は城壁ほどではないが、並みのモンスターでは越えられない高さ。それはS級冒険者にとっても同様だ。

つまり——。

「死ねや！　オラァッ！」

Ｓ級冒険者パーティーのリーダーの剣士が、〈教会〉直属の手練れらしき剣士に襲いかかる。

両者は、唯一の出入口である両開きの鉄門の前で、死闘を演じ始めた。

「〈小火弾《ファイヤー・ブレット》〉！　〈小火弾《ファイヤー・ブレット》〉！　……ハァハァ……〈小火弾《ファイヤー・ブレット》〉！」

両開きの鉄門は、防御魔法を付与されているらしく、Ｓ級冒険者の女魔道士が息を切らしながら放つ必死の攻撃でも破壊できない。

「な……なんでよぉぉ……私《わたくし》は癒し手よ！　エリーゼ様もそのお父様のこともとっても尊敬してたのにぃ……アツっアツぅぅっ——熱いッ！」

〈小火弾《ファイヤー・ブレット》〉によって熱せられた鉄門にすがりついた女は、火傷を負って悲鳴を上げた。

勇者パーティーの声は聞こえない。さすがに死んだとは思わないが、死んでいてもおかしくない酷い状況だ。

「アレクサンダーには王家の後ろ盾があるんだぞ！　〈教会〉は王家と事を構えるつもりなのか⁉」

混乱しながら叫ぶ俺に、ダークエルフのオゥバァが淡々と告げた。

「やっぱり愚かな人間たちには付き合ってられないわ。あなたのことは嫌いじゃなかったけど、じゃあね」

そんな短い挨拶と共に、まるで風のように駆け抜け、楽々と高い壁の上に立った。次の瞬間、その姿はかき消えていた。

初めて見た時に、木の梢から梢に移動していた彼女ならではの移動能力だった。

意外だったのは、エリーゼの父から「この場の誰一人として逃がすな」という指示を受けた者たちが、オゥバァを追わなかったことだ。

敷地の隅に避難している奴隷たちにしても、今のところ無事だった。

「ダークエルフや魔族、獣人の言葉なんて誰も信じないわ。だから最優先で……私たち人間を殺そうとしているのでしょうね」

セーレアの言う通り、エリーゼの父直属の精兵がこちらに半数ほど向かってきた。

「〈手刀〉」

短くスキルを使用し、衝撃波によってそいつらをまとめて気絶させた。

「ハァッ⁉」

「……なっ⁉」

S級冒険者たちと、彼らと戦う精兵たちの両方から大きな声が上がった。

勇者たちの声は聞こえない。やはり死んだか気絶したか、そのどちらかだろう。

「今だ！　こいつらぶっ殺して門を破るぜ！」

S級冒険者のリーダーが叫び、目の前の精兵を斬り殺した。精兵の方は、仲間を一瞬のうちにまとめて戦闘不能にされたため、完全に注意が俺に向いていたらしい。先ほどまでの死闘が嘘のようにあっさり斬り殺された。

他のS級冒険者と対峙していた精兵たちも似たようなことになった。

門が開かれた瞬間、門の辺りが眩いほど光った。

三度目の〈天雷〉が落ちたのだ。

やっと逃げられると歓喜に表情を緩めたS級冒険者たちも、血反吐を吐き動けなくなっていた精兵たちも、まとめて〈天雷〉によって消し飛んだ。

もうもうと立ち込める土煙の中、鉄門と高い壁さえ跡形もない。

（……愚か、か……）

村で散々お人好しだと馬鹿にされていた俺でさえ、人の愚かさというものを痛感した。

このまま放置しておくと、〈天雷〉を一体どこまで降り注がせるかわかったものではない。

「止めるぞ」

誰に言うでもなくそう言い、駆け出す。

〈天雷の塔〉前に陣取るエリーゼの父とその護衛を無視し、不可侵の聖域とされている塔内部へと一直線に走る。

不気味に青白く光る塔は今、全体に雷の気配を纏っている。

遠くからは青白く輝く塔のように見えていたが、近づいてみれば、青い地に魔法の力で輝く白い文様が描かれているのがわかった。それが遠目に青白く見えた理由だったのだ。

（……血の……臭い……？）

壮麗な青い塔に似つかわしくない強烈な血の臭気を感じた。

何年も血肉を洗い流さなかったような饐《す》えた臭いだ。

〈天雷の塔〉に扉はなく、ぽっかりと半円形の入り口が開いているだけだった。

通過する瞬間、〈天雷〉ほどではないが、強烈な電撃が襲ってきた。

魔法の威力でいうなら、フェルノの全力を軽く上回るような一撃だった。おそらくこれに耐えられるのはオウバァや俺クラスだけだ。

かすかに雷光閃く薄暗い室内には、噂に聞いていた通り高価な消耗品が山のように積まれていた。

だが、多数の魔道士はおらず、癒し手たちだけがいた。

かすかな違和感を覚えたが、それよりも目を引く存在が中央にいた。

中央で生贄に捧げられている巨大な生物たちを見て、それが〈天雷〉の威力の正体ではないかと思った。

若い竜《ドラゴン》や幼い竜《ドラゴン》たちが、巨大な槍で串刺しにされている。神代マジックアイテムかそれに類する力を宿した物だと、ひと目でわかる代物だ。

ゴロゴロゴロ……。

と、天が嘆くと、〈天雷の塔〉の中に竜《ドラゴン》の子供たちの悲しみに満ちた絶叫が上がる。悲鳴を上げ、折れた翼を羽ばたかせようとするが、まったく動けないでいる。

（上位竜《ドラゴン》や大人の竜《ドラゴン》がいないのは、あの凄い力を感じさせる何本もの槍でも繋ぎ止めておけないからか）

全身を帯電させた竜《ドラゴン》の子供たちは、黒い煙を全身から上げている。

そのうちの一匹と目が合った気がした。気がしただけだ。竜《ドラゴン》の子供の眼球は溶けて白濁していた。口からは、ブレスではない煙が上がっている。臓腑を焼く臭いがした。内臓もぐずぐずになっているのだろう。

（ああ……そうか……）

あの上位竜《ドラゴン》も、それ以前にこの地を攻めた竜《ドラゴン》も、宗教都市ロウを攻めあぐねた理由の一つは、これだったのだ。

自らの子供や孫が囚われていることに、優れた竜《ドラゴン》の知覚やスキルによって気づいてしまったのだろう。

宗教都市ロウの難攻不落たる理由は、〈天雷の城壁〉だけではなかったのだ。

セーレアとその母親を襲ったのも、おそらく〈教会〉だろう。子を人質に取るという手口がそっくりだ。

子供と一緒に逃走しているところを襲われた母親。おそらく集中的に子供を狙われたのだろう。

どれほど屈強な存在も、優れた力を持つ者も、最愛の相手を囚えてしまえばおそろしく簡単に殺すことが可能なのだ。

この竜《ドラゴン》たちは知っているのだろうか？

自らの力を、親兄弟を殺すために利用されたことを。

――これからも利用され続けることを。

〈天雷〉の強さの正体は、竜《ドラゴン》たちを生贄に捧げていることにあったのかもしれない。

集められた優れた癒し手たちは、死にかけている竜《ドラゴン》の子供たちに治癒を施している。

無論優しさからではない。道具を少しでも長持ちさせるためだ。

白濁した大きな目から、巨大な涙の粒を滴《したた》らせる子供の竜《ドラゴン》。父母を殺すために利用され、兄弟を捕らえることに利用された存在に語りかける。

「なぁ……どうしたい？　どうなりたい？　死にたいのか、それとも……」

声を発すると、癒し手たちはやっと俺という侵入者に気づいたらしい。

「ば、馬鹿な!?　どうやって、ここに！」

「侵入などできるはずが……！　しかも無傷だと!?」

「雷《いかずち》の障壁は解除していなかったはず！　あの御方でさえ外でお待ちいただいているというのに……！」

「障壁を解除し、指示を仰がねば……！」

癒し手たちが大騒ぎする中、臓腑の焼ける臭いと共に、子供の竜《ドラゴン》がたったひと言漏らした。

「殺……して……」

「そうか……」

殺してほしいのは自分たちのことだろう。

だが別の解釈もできる。

この場にいる連中、そしてこの場にいない指揮する者を、殺してほしいのかもしれない。

（……これほどまでのシステム……竜《ドラゴン》を生きたまま捕らえる技術……おそらく治癒神と呼ばれる存在が最初に造ったんだろう……）

最初の子供の竜《ドラゴン》を捕まえるのが最も難しい。一度捕まえれば、それを助けに来る親の竜《ドラゴン》に、子供を人質にした状態で、子供を生贄にした〈天雷〉を撃ち込むことができる。それを繰り返していけば、〈天雷の塔〉の生贄に使える適度に成長した若い竜《ドラゴン》も捕らえることができるだろう。

こんな真似をした存在は、とんでもなく強かったが、最低の奴だったに違いない。

「……まさか、許可なくここに入る者が出るとはな……〈治癒神の御手教会〉始まって以来の不祥事かもしれん」

重々しい口調が背後から聞こえる。

振り返ると、紳士服に身を包んだ壮年の男性が見えた。エリーゼの父だ。

彼は、娘の心配をしているなどとは微塵も感じさせない落ち着いた表情で、俺に語りかけてきた。

「……どうしてエルフや魔族といった種族が劣勢に立たされているか、わかるかね？」

「……やっとわかった。アンタらが人質を取ったり、騙し打ちをしたり、そんなことばかりを繰り返してきたからだ。……むしろどうしてそこまでエルフや魔族を狙うのか知りたくなった」

「なんだ、そんなこともわからんのか？」

これだから愚者は、とエリーゼの父は嘆息し、言葉を続けた。

「なに、簡単なことだ。〈教会〉の有り様は、治癒神様と当時の上位聖職者の方々によって創始された。そして何百年も、代々の上位聖職者たちの敬虔なる信仰によって維持されてきたのだ。……だが、時にはこの崇高な信念を理解できず、くだらんことを口にする輩もいる。……特に長生きした連中はな」

「例えば、ダークエルフのオゥバァは知らなくても、その親の代、もしくは親の親の代なら『癒し手なんて職業はなかった。あれは青魔道士が勝手にそう名乗り出しただけだ』って知ってるってことか」

「そういうことだ。オゥバァとかいう者は知らんがね」

「……俺がここまで真相を知ったのに、お前はなぜ慌てないんだ？」

「慌てる？　どうして？」

心底不思議そうなエリーゼの父。

「慌てなくてはならないのは、劣勢に立たされたり、対等である者に弱みを握られたりした場合だけだ。今のような状況には当てはまらんよ」

「俺ならお前もこの場にいる連中も皆殺しにできる」

ふっ、とエリーゼの父は嘲笑した。

「本気でそういう真似をする者は腐るほど見てきた。ウチでも飼っている。いろいろと便利なのでな、殺人鬼の類は……。その儂《わし》から言わせてもらえれば、お前の目は冷静すぎる。……よく言えば理性的だ。そういう訓練を積んだのかもしれん。いかなる時も冷静であり、状況判断を誤らないようにな」

シノビの訓練を思い出して沈黙する俺に、エリーゼの父は続ける。

「殺人鬼でない者に、人を殺しまくるという真似はできないのだよ。……エルフなどが敗れた理由として、君が見落としているものがもう一つある。その答えがそれだ。……殺す技術を持つ者と、殺すことができる者は別物だ。……言うまでもなく、世界で最も強いのは、殺す技術を持つ者ではなく、殺す意思を持つことができる者だ。そういう意味では、勇者殿は優れた御仁だと言えた。不肖の娘であるエリーゼもそうだったな。まぁ、もっともあのゴミ娘はもう捨てたが」

あまりの台詞に、言葉が返せない。

「君は殺す技術を持っているが、殺す意思を持つことができていない。だから儂を殺せない。実に単純な話だ。……エルフなぞも笑える存在だぞ？　森の奥で家族ぐるみで付き合っているためか、他者の持つ害意に鈍かった。森に迷い込んで、飢えと渇きで弱った儂を介抱してくれて、最後には上位聖職者としての地位を得るためにも役立ってくれた。もし儂を見捨てておれば、村の位置がバレることはなく、自分の妻や娘たち、仲間たちを奴隷として売られることもなかっただろうに」

「……アンタは最低だ」

エリーゼの父に近づき、手刀の形にした手を首筋に当てた。目敏《めざと》いエリーゼの父なら、俺が〈手刀〉のスキルで精兵を戦闘不能にしたのを見たはずだ。

「今すぐ〈天雷〉の発動を止め、竜《ドラゴン》たちも解放しろ」

「舐めるなよ、小僧が！」

首を動かし睨みつけてくるエリーゼの父は、手刀によって首を浅く切られて血を流したが、一向に慌てる様子がない。

「主導権を握っているのは、儂だ。貴様ではない」

「そんなことはない」

手刀を当てたまま反論する俺に、エリーゼの父は鼻を鳴らした。

「フン。……証拠を見せてやる。市街地だ」

意味のわからない台詞を癒し手たちに言ったエリーゼの父は、見せつけるようにゆっくりと手を上げて、一気に下ろした。

〈天雷の塔〉内部で竜《ドラゴン》たちの絶叫が木霊《こだま》する中、魔力の気配が高まっていく。

〈天雷の塔〉に扉はない。だからよく見えた。

市街地に落ちる〈天雷〉が——。

「——う、嘘だろ!?」

こいつは自分の街に――自分たちが住み、自分たちが管理している都市に、容赦なく〈天雷〉を撃ったのだ。

爆発するかのような白い光。強烈な衝撃によって、舞い上がる民家や商家、色とりどりの服を着た民衆たち。

勇者パーティーの最難関ダンジョンクリアを祝うパレードの予行練習をしていたらしく、壮麗な山車《だし》や派手に着飾った男女が宙に投げ出されている。

とっさにスキルで強化した俺の視力だと、手足が折れ曲がったり、顔が潰れたりした女子供や老人、男の姿がつぶさに見えた。

兵士でもない。冒険者でもない。まして憎むべき悪いモンスターでもない。

罪もない一般市民が、ゴミのように舞い、舞い上がった土砂や家の残骸などと共に地面に落ちていく……。

「どうだ？　貴様にこんな真似ができるか」

自慢げな男の表情に、呆然とした視線を返すのがやっとだった。

「やっと理解したようだな。世界は攻撃した者が勝ち、日々をなんの意味もなく生きる者たちが負ける。そういうふうにできているのだ。攻撃する意思さえ持たないお前なぞ、そこらにいる低級なゴブリンほどの脅威もないわ！」

バシンと頬を張られた。

俺からすれば大した攻撃ではなかった。

だが、よろめくように一歩後退り、尻もちをついてしまった。

（……さっきの〈天雷〉で亡くなったのは、百人だろうか、二百人だろうか……）

もし人通りが多い場所だったりしたら、その倍は死んでいてもおかしくない。降り注ぐ瓦礫などで怪我をした者も大勢いただろう。

尻もちをついたまま見上げる俺を、エリーゼの父が傲然とした表情で見下ろす。

「勝負あったな」と癒し手の一人が口にし、癒し手たちの間で安堵するような空気が流れるのが伝わってくる。

もうこちらを見ることもなく歩み去ろうとするエリーゼの父。

その背中に、立ち上がった俺は蹴りを入れた。

たいして力を入れたわけではないが、エリーゼの父はたたらを踏み、〈天雷の塔〉の中央、竜《ドラゴン》たちが囚われている方に近づいていく。

「感謝する……人間よ」

「気にすんな」

竜《ドラゴン》の声が聞こえたが、俺はそちらを見なかった。俺にエリーゼの父を——かつてパーティーメンバーだった女の父親を殺す勇気はない。

人殺しになってしまったら、アイリーンに再会しても、心から抱きしめることができないと思ったから。

(俺はやっぱり神なんかじゃない。利己的なただの人間だ)

だがそれでいい、と強く思った。

「ギャア！　痛い！　イタイイタイイタ——離せぇっ！　咥《くわ》えるなっ！　治癒！　さっさと治癒しろグズ共が！」

駆けつけようとする癒し手たちの気配のする方に、〈手刀〉の衝撃波を放つ。これで癒しの力を使う存在はいなくなった。

「治癒っ！　治癒っ！　——はっ！　そうだ！　儂も使える、使えるじゃないか！」

命令することに慣れていた男は、今頃になって自分も回復魔法が使えることに気づいたらしい。

そこへ、近づいてきたセーレアが、男の口に青い水晶を押し込んだ。

セーレアがいったいなにをしに来たのかと眺めていた俺は、狂気を感じさせる歪んだ笑みを見て、背筋がぞくぞくした。

「……やはり、あなたたちだったのね……私や母を襲ったのは……。〈減魔結晶《こんなもの》〉があるなんて初めて知ったわ。本当に秘密の多い〈教会〉ね。これも治癒神様が作った物なのかしら？」

「ぐもぉぉ……ごもぉぉ……」

拳大《こぶしだい》の結晶を無理やり詰め込まれて、頰をパンパンに膨らませた顔からは、紳士ぶったところも余裕ぶった態度も消滅していた。

弱った竜《ドラゴン》の子供たちは、そんな男にさえきちんと噛みつくことができない。

身じろぐだけで、全身に激痛が走るようだった。それでも一匹、また一匹と、竜《ドラゴン》の子供たちはエリーゼの父の方に首を巡らせ、噛みつこうとする。

ほとんど上手くいっていないし、中には体を貫く槍を無視して動こうとしたせいで息絶えるものまで出た。

でもこの復讐は、俺には参加できないもののように感じた。

セーレアも治癒を不可能にしただけで、それ以上攻撃を加えない。

〈天雷の塔〉の一部として、〈教会〉の威信を守るためにさんざん利用され続けた竜《ドラゴン》たちこそが、最大の被害者だったのだから。

俺と最初に目が合ったような気がした竜《ドラゴン》の子供が、上手いことエリーゼの父の頭部を噛み砕くことに成功した。

「やったな……」

俺の賞賛に、竜《ドラゴン》の子供から返事はなかった。

竜《ドラゴン》の子供は、白濁した目を満足そうに閉じ、ただ静かに息を引き取った。

(……これで〈天雷の塔〉の脅威は去ったか……)

思わず安堵の息をついた俺は、その直後から急速に膨れ上がる魔力の気配を感じ、セーレアと顔を見合わせた。

（むしろさっきまでよりヤバくないか……？）

背筋に、初めて恐怖による震えが走った。俺やオゥバァはともかく、それ以外の存在は死滅すると確信できた。

セーレアも死にかけの竜《ドラゴン》たちも怯えた様子だ。

（——いったい、なんなんだ⁉　〈天雷の塔〉って——）

これは、高価な消耗品や竜《ドラゴン》などを代償に威力を増していたんじゃなくて——。

（むしろ、威力を落とすことで制御していたみたいじゃないか）

第4章　奇跡の架け橋

1

生贄の竜《ドラゴン》をほとんど失い、強制終了させられた〈天雷の塔〉は、明らかに暴走の様相を呈していた。

俺はすぐさま外に駆け出し、〈天雷の塔〉を見上げた。

天辺からひと筋の青い光が天に昇っている。

（〈天雷〉発動の兆候……）

そこまでは、これまでに何度も見た発動前の様子と同じ。だが――。

（――なんだ、あれは？）

いつもは上空で角度を変え、標的の真上まで伸びていた青い光が、〈天雷の塔〉のすぐ上で行き場を失い、樹の根のように枝分かれしている。

——もし枝分かれした先の一つ一つから〈天雷〉が放たれるとしたら……。

想像して震えが走る。

範囲は宗教都市ロウ内で収まっているようだが、それでも数十の〈天雷〉が降り注ぎ、一万人を超える死者が出るだろう。

これが本来の〈天雷〉の力なのか、射程を伸ばすために標的の真上まで青い光を飛ばす必要がなくなったからなのか、俺にはわからない。

だが、嘘ばかりの〈教会〉の公式発表の中でも、〈天雷の塔〉に関する情報は特に嘘の山だった可能性が高いことくらいはわかった。

現在の塔内では、高価な消耗品を使用することもなく、多数の魔道士たちが精神集中をしていることもない。〈教会〉が必須だと語っていた要素がどちらも一切ないのだ。

多額の寄付金を募るために、そう言ってたんじゃないのか、とも思えた。

だがおそらくは、制御するために必要だったに違いない。

(——制御法なんてわからないし……)

となれば叩き壊してでも止めるしかない。でないと都市中に被害が巻き起こる。

桁違いの防御魔法を付与されているであろう〈天雷の塔〉を眺めて、〈手刀〉でいけるのか、と若干不安を覚える。

「……ジッチャンとの約束をことごとく破ってるな。我ながらサイテーな孫だ」

危険なことはしない、必ず生きて帰るとアイリーンに誓っておきながら、ジッチャンが唯一宗教都市ロウで注意しろと言った対象の暴走を、力ずくで止めようとしているのだ。これが裏切りでなくてなんだと言うのか。

（それでも――）

俺は三百人いる奴隷たちをちらりと見た。

敷地の壁際まで下がり、稲光を発し始めた〈天雷の塔〉を眺める奴隷たちの目に絶望の色はない。

彼らは信じているのだ。

誰を？

俺をだ。

小雨が降り出し、強風が吹き荒れ始めた。

珍しい。〈天雷〉を発動する時は曇り空と決まっているが、雨が降り出すことは稀《まれ》なのだ。

（今思えば、天候制御も兼ねてたのかもな……）

自然の雷光と思えるものが、暗灰色《あんかい》の雲間にいくつも見えた。

「やるぞ」

決意を込めた視線を〈天雷の塔〉に向けると、塔の纏う稲光が激しくなった気がした。

慌てた様子で、セーレアや数匹の竜《ドラゴン》の子供たちが塔の中から飛び出してきた。

どうやらセーレアが回復魔法によって、生き残った竜《ドラゴン》の子供たちを癒やし、脱出を手伝ったらしかった。

「意外と面倒見がいいんだな……」

わずかに気が緩んだ瞬間、バキリッ、と〈天雷の塔〉内部でなにかが壊れる音がした。まるで勇者の鎧以上に硬いなにかが壊れたかのような硬質な音だ。

音の発生源を見ると、〈天雷の塔〉内部から雷が飛び出すところだった。

さらに、塔のひび割れが広がり、雷の本数が増えていく。

それはまるで――

――卵からなにかが孵《かえ》る姿を連想させた。

〈天雷の塔〉は二十本以上もの雷を四方八方に飛ばし始めた。

内部から逃げ出してきた癒し手たちの集団に、乱れ飛んだ雷の一つが直撃した。

彼らは回復魔法を使用する暇もなく、消し炭になった。

(精度ゼロだし、射程も短いが……)

明らかに威力はフェルノの魔法以上だった。フェルノの全力の火魔法でも、一瞬で消し炭にするなど不可能だ。

迷ってる暇はないと直感した。

「〈天雷の塔〉を根元から切り倒す!」

横殴りの雨にかすむ視界の中、離れた場所にいる奴隷たちに告げる。

「発動まで時間がかかりそうだし、時間を稼げるかもしれない。イヌガミを呼ぶから、あとで忍犬たちに乗って全員で逃げよう。とりあえず忍犬たちには、〈天雷の塔〉を倒す方向にいる住人たちを避難させる」

都市に大きな被害が出るだろうが、暴走状態の〈天雷の塔〉を放置するよりマシだろう。上手くいけば、三百人の奴隷たちの脱出経路も確保できる。

片膝をつき、濡れた地面に手を当てて〈忍犬召喚〉を行おうとした俺に向かって、いきなり雷が触手のように伸びた。

「なにっ⁉」

これまでと明らかに違う、明確な意思のようなものを感じさせる一撃に、俺は思わず〈影走り〉を使用した。

幸い雨雲で辺り一帯が陰になっており、どこにでも〈影走り〉が使用可能だったので避けられた。いちいち影を探していたら、回避は間に合わなかっただろう。

さらに俺に向かって、雷が二本飛んできた。明らかに俺狙いだった。

「〈壱の秘剣・雷切〉！」

雷を見据え、〈手刀〉のように腕を振るう。

二本の雷だけでなく、〈天雷の塔〉全体が纏っていた雷自体が消滅した。触手のように伸びてきた雷も飛んでこなくなった。

（……一時的なもの……だろうな……）

頭上を見る。

相変わらず青い筋のような光が天に昇ったまま、根のように範囲を広げている。

「本調子じゃないみたいな感じを受けるし、……塔の全力を見てみたい気もするな」

戦闘狂のような考えが一瞬湧く。村での修行で好戦的な性質は失《な》くしているはずなのに、わずかにそんな気持ちを湧き立たせるほどのなにかを、〈天雷の塔〉は持っていた。

この存在と戦いたい、いいや、戦うべきだ。

そんな理屈に合わない感情が湧いてくる。

（……これが血が騒ぐというやつなんだろうか……）

オゥバァが言ったように、〈ステータス表示《オープン》〉が使える俺は、神々の血を引いているのだろうか？

そうだとすれば、神々とはいったい何者なんだ？

そして全力で倒したいと感じる目の前の存在は、いったいなんなんだ？

〈教会〉が公式発表した通りの、人間たちが神代マジックアイテムを強化しただけの代物とは、とても思えない。

困惑を押し殺し、〈忍犬召喚〉であばら家からイヌガミを呼び出した時、ちょうどセーレアが俺に指示を仰ぎに来たところだった。

「若様ー！」

「わっかさまー」と弾むように叫んだイヌガミは、「わ」の時にはすでに跳び上がっており、舌を伸ばしている。続く「つかさまー」は運悪く間に入ってしまった女を舐めながらの発言だ。

イヌガミの声に被さるように、甲高い悲鳴が響いた。

誰の声かは言うまでもない。

ずぶ濡れの上に涎まみれになったセーレアは、俺に恨みがましい目を向けて、「全部任せたから失敗したら殺す」という視線を送ってから歩み去っていった。

「若様？」

気にしたふうもなく、ご機嫌に尻尾を振るイヌガミを見て、俺は先ほど奴隷たちに告げたのと同じことを説明した。

「下位忍犬も上限まで召喚して、お前自身は竜《ドラゴン》に〈変化《へんげ》〉しろ。できるか？」

「はっ！　可能であります！　時間制限はありますが、大通りにいる者たちを追い払うくらい余裕です！」

「よし。お前たちが住民を避難させ終わったら〈天雷の塔〉を倒すよ」

2

「これより若様からの勅命を伝える！　心して聞くように！」

三百匹を超える犬たちの前で発言しているのは、最も小さな黒い犬だ。

その額にある手裏剣の模様と手足の先端だけ、毛が白い。

「わうん！」と「ばふん！」という鳴き声が、綺麗に揃った。

小さな黒い犬――イヌガミは満足そうに、自らが召喚した眷属たちと、眷属たちが召喚したさらなる眷属たちを見回した。

最前列に並ぶ三十匹は、以前も呼び出した中位忍犬たち。白い中型犬で、額には苦無《くない》の模様があり、そこだけ毛が黒い。

後列には、白い毛に茶色い大きな柄がある犬が三百匹いた。フウマの曾祖父がいれば「セントバーナードにそっくりだな」と表現したかもしれない。セントバーナードより二回りくらい大きい大型犬だ。

セントバーナードに似た下位忍犬たちの額には、撒菱《まきびし》の模様があり、茶色い模様に挟まれた白い額の中で、そこだけ毛が茶色い。

イヌガミは中位忍犬を三十匹まで、中位忍犬は下位忍犬を十匹まで召喚できる。

この場には、フウマの命令によって上限まで召喚された中位忍犬三十匹と下位忍犬三百匹、合計三百三十一匹もの忍犬たちが集まっていた。

「作戦の目的は、若様が〈天雷の塔〉を切り倒した際に、下敷きになる者がいないように追い払うことだ。我は竜《ドラゴン》に〈変化〉し追い払うので、中位忍犬たちと下位忍犬たちは、腰を抜かしたり逃げ遅れたりした住民たちをどかしてくれ」

中位忍犬たちが「わうん！」と、下位忍犬たちが「ばふん！」と元気よく一斉に返事した。

お座りした上位忍犬イヌガミは、前足の肉球を合わせた。おそらく本人は印を結んでいるつもりだろう。しかし人の目には、ぽむんぽむんと肉球を合わせてすり合わせたり、爪を肉球でこすったりしているようにしか見えない。

だが、その効果は劇的だった。

突如として、〈天雷の塔〉が形作る大樹の根のような模様の下、巨大な竜《ドラゴン》が出現したのだ。

忍犬が変化するさまを見ていた奴隷たちでさえ悲鳴を上げて、呼吸を忘れたように目を見開いている者が大勢いる。

ましてーー。

「ば、ばかな！〈天雷の城壁〉はどうした！」

「嘘でしょ！　あのサイズ、上位竜クラスじゃない！」

「もう宗教都市ロウは終わりだぁ！」

宗教区の他の場所にいた聖職者たちや、集められた冒険者らしき者たちの悲鳴や絶叫が、遠くで上がっている。

宗教区の大通りにも戦力が集まっていたらしく、一般区の大通り並みに騒がしい。

上位忍犬イヌガミはそのまま上空を飛び回り、大通りにいる人々を散々脅しつけた。

ぱたぱたと尻尾を振るように竜《ドラゴン》の尾が揺れている。

小型犬の時は可愛らしい姿だったが、上空で旋風を巻き起こす竜《ドラゴン》は、まさに恐怖の代名詞とでも言うべき存在だった。

悲鳴を上げた住民たちは、大通りどころか宗教都市ロウから脱出しようと、我先にと駆け出した。

「おかーさーん！」

「ひぃ！」

予想通り、逃げ遅れる幼い少女や腰を抜かす老人などがいたが、駆けつけた中位忍犬と下位忍犬が運んでいく。

中位忍犬には、紐などを使わずに物でも人でも運べる運搬スキルがあるため、幼い少女に駆け寄って乗せて走り出すなど造作もない。

下位忍犬は運搬スキルを持っていないが、大型犬なので力も強く体も大きいため、腰を抜かした

大人を運ぶくらい余裕だった。

3

「さすがだな……」

これから俺が〈天雷の塔〉を倒す予定地――南の大通りにいた人々の気配が、急速に遠ざかっていく。騒がしかった喧騒が引いていくので、仮に気配を探知する術《すべ》を持たなかったとしてもすぐにわかっただろう。

上位竜サイズに変化したイヌガミを見て戦おうと考える命知らずは、最高位冒険者にもいなかったようだ。予想通りの展開に安堵した。

「さて……」

再び〈天雷の塔〉が雷光を纏い始めたのを見て、時間があまりないことを悟る。

まず〈壱の秘剣・雷切〉で雷を打ち消そうかと思ったが、〈手刀〉で切り倒して一気にかたをつけようと考え直した。

「――〈手刀〉！」

〈天雷の塔〉の根元に瞬時に駆け寄り、全力で右手を振るう。

小雨さえも衝撃波で両断し、空間を切り裂いたかのように見えた。

ギィン！と。

まるで同じくらいの硬さを持つ金属同士をぶつけ合わせたような硬質な音がした。

〈天雷の塔〉の壁はわずかに欠け、ひびもそれなりに入っている。

「いけそうだけど……思ったより硬いな」

さすがに一撃で倒すには至らなかったが、硬い方が、奴隷たちと逃げる際に役立つだろう。

「はぁっ！」

掛け声と共に〈手刀〉を連続で放つ。踏みしめる両足はぬかるんだ芝生に埋まり、目にも留まらぬ速さで連続で打ち込む〈手刀〉によって辺り一帯から雨粒が消し飛ぶ。

非戦闘職である盗賊には、攻撃的なスキルが非常に少ない。本来は遥か格下の敵を気絶させるためのスキルである〈手刀〉がせいぜいである。

シノビスキルも一見利便性の高いものが揃っているように見えて、剣を扱う職業なら誰でも習得できる〈斬撃〉のようなものは習得できない。また〈壱の秘剣・雷切〉はシノビスキル最上位なだけあって、連続使用に向かない。

よって、ただの〈手刀〉で、世界一高いと謳われる巨大建造物を破壊するしかない。

しかし、塔は最強の攻撃力を誇るといわれるものの、防御力の方はそれほどでもなかったのだろう。

あっという間に、大通り方面に倒れ始めた。

〈天雷の塔〉が、俺の頭上に向かって傾いてくる。

ババチバチバチッ、と。

青い塔に描かれた白い文様が、弾けるような音を立てた。一瞬ひときわ白く輝き、これまで青白く見えていた塔が白い塔に見えた。次の瞬間、不思議な輝きを宿さなくなった、青い地に白く模様が描かれただけの塔が、ゆっくりと倒れ込んできた。

「このままだと衝撃が大きすぎるかな……」

〈天雷の塔〉の先端部は、相当加速して地面に激突するはずだ。そうなれば周囲に軽い地震程度の被害は出るだろう。

〈天雷の塔〉の硬度はだいたいわかったので、壊さない程度に〈手刀〉の衝撃波を何度も当てて、〈天雷の塔〉が倒れる速度を調節した。

その甲斐あって、〈天雷の塔〉は予定通り見事に、大通りにゆっくりと倒れた。

それでもかなりの揺れが起きたので、念のため奴隷たちの無事を確認しようと、倒れた〈天雷の塔〉に乗って目をこらす。

奴隷たちは、ヒメサマーも、オージ・デンカも、俺と戦った獣人の男も、エルフの冒険者風の女も、誰も彼もがポカンと口を開けていた。

徐々に止み始めた雨が口の中に入るのも気にならない様子で、ただ目も口もまん丸に開いている。なんらかの精神攻撃でも受けたのかと一瞬疑ったが、そのような雰囲気でもない。ただ驚いているだけらしい。

安心した俺は、塔の先端に目を向けた。

切り倒された大木のようになった〈天雷の塔〉は、宗教都市ロウの二重の城壁、〈天雷の城壁〉をぶち抜いている。

城壁より塔の方が硬かったらしく、塔はほぼ原型を保っていた。ひび割れは多少あるが、数えられる程度だ。

まるで長大な橋のようだった。

湾曲しているが、中央部は十分走れるだろう。忍犬なら十匹くらい並んで走れそうだ。

先端部分から出ていた青い筋ももう出ていないし、雷も纏っていない。完全に機能を停止したのは明らかだった。

異様な〈天雷〉は不発に終わったのだ。

「よし！」

思わず声が出た。

「これで逃げ道の確保もできたな」

4

倒れた〈天雷の塔〉から下りた俺は、足元に転がる赤い木の実のような物体を見つけた。

サイズは俺が軽く呑み込めそうなほど小さい。なのに、最難関ダンジョンにいた巨大ゴーレムの魔力核以上の異様な力を感じた。

「魔力核なのか、これ？」

通常、魔力核は内に込められた力とサイズが比例する。このサイズで俺の背筋に震えが走るほどの気配を放つなんてあり得ないはずだった。

（……純度が高いのか……？　精錬した者の技術が高かったとか……）

考えてみてもわからなかったが、これが〈天雷の塔〉を動かしていた核と呼ぶべき物であるのは間違いなさそうだ。

「さしずめ神代マジックアイテムの核ってところか」

それを拾ってポケットにしまった。

こんな状態になった〈天雷の塔〉をまた修復できるのかどうかは知らない。だが核となる部分がなければ、外見だけは直せても、〈天雷〉は発動できないはずだ。

「アフターケアまでが仕事、ってな」

ジッチャンの口癖を真似る。

「あれ？　リノ、いたのか」

未知の物質に意識を囚われていた俺は、幼い魔族の少女が近づく気配に気づけなかった。珍しいことだが、他にも珍しいことが続いたので、俺の感覚もだいぶ麻痺してきていた。

「よし。逃げようか」

「ん」

初めて会った時以上に寡黙になっている幼い少女を、若干不思議に感じたが、それよりも奴隷たちを呼ぶ方が先決だった。

近づいてきたのはリノだけで、倒れた〈天雷の塔〉を信じられないものを見るような目で見ている奴隷たちは、まだ敷地の隅にいる。

〈天雷の塔〉を使った即席の大橋で逃げるには、ここまで来てもらった方が早いだろう。塔が倒れるのを見た忍犬たちも続々とこの場に戻ってきている。

無論、真っ先に俺のもとに戻ってきたのは、上位竜に変化《へんげ》したイヌガミだ。

「わーかーさーまー！」

俺の頭上で〈変化〉を解き、小型犬に戻ったイヌガミが降ってくる。

だが上空の風に流されて軌道が変わったらしく、セーレアの頭に落ちた。

「うぎゃあっ！」という女が上げてはいけない悲鳴を上げて、セーレアは頭にへばりついたイヌガミを叩き落としている。即座に回復魔法を使っているところを見ると、相当ダメージを受けたらしい。

涙目になっている彼女を気づかったら、思いっきり叱られた。

「なんで俺が……」

「飼い主でしょ！」

ぐうの音《ね》も出ない正論だった。

仕方ないので反論は諦め、飼い主らしくイヌガミに命じる。

「巨大化してくれ。俺とリノを乗せて運べるサイズだ。それならシノビノサト村まで〈変化〉が持つか？」

「はっ！　可能であります！」

イヌガミが無制限に〈変化〉を使用できるなら、全員を乗せることも可能かもしれないが、さすがにそんな真似は上位忍犬といえど不可能。〈変化〉は一日に二度までしか使えないイヌガミの切り札だ。

イヌガミが肉球をぽむぽむと合わせ始めると、どこか深刻そうな顔をしていたリノの頬が緩んだ。

元気が出た様子で安心した。

（確かに子供には刺激の強い光景だったかもな……）

〈変化〉によって巨大化したイヌガミは――美形《イケメン》になっていた。狼みたいな精悍《せいかん》な顔立ちになっていた。

「おい。巨大化してくれって言っただけだろ？」

余計な変化をつけるほど、効果の持続時間が短くなるのは実証済みだ。

「ですが若様、単純にサイズだけを変更すると不格好になってしまいます。故に！　成長した暁《あかつき》になる未来の姿になったのであります！」

力強く発言するイヌガミは、元の小型犬と似ても似つかない。せいぜい額の模様と毛色くらいだ。

自分を美化しすぎだろう。丸っこい顔がすらりと長くなって、鼻が尖り、足も長い。

尻尾を元気よく振る仕草は相変わらずだ。

（明らかに犬種が変わってるだろ、これ）

大人が三人くらい余裕で乗れそうなサイズになったイヌガミは、撫でてくるリノに気取ったように宣言した。

「見よ！　これは我の十年後の姿よ！」

「わぁすごい！」

本気で感心している様子のリノと自慢げなイヌガミに、俺はツッコミを入れた。

「いや。数年前に出会った時からサイズがまったく変わってないと思うんだが……」

大きくなったら毎日背中に乗せてね、とお願いしているリノと、それまで女給として我に仕えるのであれば一考してやろう、と上から目線のイヌガミは、俺のツッコミを自然な様子でスルーした。

(十年経っても、小型犬は小型犬のままだろうに……)

時間によって犬種が大型犬に変わるわけがない。

残酷な真実を告げてやる気を削いでも仕方ないので、さっさと奴隷たちに指示を出す。

ほのぼのとしたリノとイヌガミのやり取りを見て、奴隷たちも衝撃から回復したらしく、次々に忍犬に乗ろうとしている。

だが、中位忍犬が持つ運搬スキルは珍しいのか、「触れた対象を任意に運べる」と説明してもいまいちわかってもらえなかった。

「〈影走り〉のようなもんなんだが……」

困って頭をかきながら説明した俺に、〈影走り〉での移動を経験していたエルフの冒険者風の女が話しかけてきた。

「つまりこういうことでしょうか?」

エルフの女は器用に片足立ちで、中位忍犬の背に立った。曲芸のような格好だったが、説明にちょうどいいので、忍犬に少し走ってもらった。

エルフの女はほとんど揺れることもなく、忍犬の背に片足立ちしたままだ。

口で説明するよりもよっぽどわかりやすかったらしく、奴隷たちが次々に中位忍犬の背に乗っていく。膝立ちや正座のような格好なので一見不安定そうだが、なんら問題ない。そういうスキルなのだから。

そんな忍犬たちを見て、気品溢れるエルフの美男子が「まさに神獣……」と呆然としている。取り巻きたちが「デンカ」と心配そうに話しかけるほどの鬼気迫る様子だ。

「彼らがいれば……」とぶつぶつ呟き出したオージ・デンカをエルフたちに任せ、眷属が褒められて得意げな様子で顎を上げているイヌガミに視線を移した。

中位忍犬が神獣なら、上位忍犬であるイヌガミも神獣ということになってしまう。もっとも、イヌガミ自身は自らを神格を持つ霊獣だと以前語っていたが、おかしなことを言うのはいつものことなので聞き流していた。

そんなことよりも、奴隷たちに下位忍犬には運搬スキルがないことを説明すべきだろう。

「運搬スキルは中位忍犬にしかないから、自分でしがみつき続ける自信のない女子供が優先的に乗るようにしてくれ。下位忍犬は運搬スキルこそないものの、見た目通りの単なる大型犬じゃないから、きつく首に抱きついたり、胴体を足で挟んだりしても問題ないよ」

指示を出したものの、女子供の数は三十四しかいない中位忍犬の数を遥かに上回っていた。

「仕方ないか……」

橋のようになった〈天雷の塔〉は、走りやすそうだし、ほとんど揺れないだろう。

忍犬はスムーズに走る術《すべ》を身につけているし、持久力にも速度にも優れている。シノビノサト村まで駆けるとなれば、奴隷自身に走らせるより確実に速い。

俺は巨大な狼のような姿になって伏せているイヌガミの背中に乗り、手を伸ばしてリノを引っ張り上げた。

その前にリノが一人で乗ろうと奮闘していた結果、イヌガミの毛の一部がもじゃもじゃになっていた。

俺たちが乗る頃には、奴隷たち三百人も忍犬たちに乗っていた。もちろんセーレアも乗っている。

「オウバァは……いないか」

見回してみたが、オウバァの姿はない。まあ彼女であれば、俺の助けなしに宗教都市ロウを自由に出入りできるだろう。

総勢三百三十一匹の忍犬たちが、背中に俺やリノ、奴隷たちなどを乗せて、倒れた〈天雷の塔〉の上を走り出す。

宗教区から抜け出す際、〈天雷の城壁〉があった部分を抜けたが、やはり問題なかった。

〈天雷の塔〉で物理的に城壁を壊してあるので、実質無効化できているのだろう。

だが、ここで想定外のことが起こった。

〈天雷の城壁〉が無効化され、自由に移動できるようになったのは俺たちだけではなかった。さらにいえば、走りやすい〈天雷の塔〉の上を走ることができるのも、だ。

最後尾にいる奴隷たちを乗せた下位忍犬は、宗教区から追ってきた〈教会〉の武装勢力や、一般区に入って一気に数を増した奴隷商館の兵らしき者たち、冒険者などに追いつかれそうになっている。

「もう少し速度を上げられないか？」

先導している俺は、後ろを振り返って最後尾に声をかけた。

「くぅーん」という下位忍犬の自信なさそうな鳴き声が返ってきた。背には必死にしがみつくエルフの子供が乗っている。

「そうか……振り落とさないように速度を抑えないといけないのか……」

呟く俺の前方に、突如、大人の背丈の倍ほどもある石壁がいくつも出現した。

「追手の〈硬岩壁《ストーン・ウォール》〉よ！」

セーレアの声が斜め後ろから響いてきた。

見ると、セーレアは下位忍犬に癒しの魔法をかけている。疲労を回復させて全力疾走を維持させているのだろう。器用なものだ。

もしかしたら、馬でも似たような真似をしたことがあるのかもしれない。

セーレアの視線の先に目を向けると、茶色い宝石のはまった杖の先端を、宝石と同じ色に光らせた魔道士たちがいるのが見えた。

（冒険者ギルド？　……いや、茶魔道士組合の方か）

魔道士ばかりで、十人以上もいる。せっかくの俺謹製の走りやすい橋が、障害物だらけにされていく。

障害物競争にされてはたまらない。忍犬たちなら跳び越えられるだろうが、下位忍犬だとその背中の奴隷たちが振り落とされかねない。

「〈手刀〉！」

〈天雷の塔〉という倒木に生えた小枝のような石壁を、一気に破壊する。

「右斜め前方から〈緑風陣《ウィンド・フィールド》〉、気をつけて！」

セーレアの叫びを受け、右斜め前方に目を向けると、二十人近くの緑魔道士たちが杖の先端を緑に光らせて、魔法を放つ瞬間だった。

(――どうする⁉)

中位忍犬に乗る者たちは大丈夫だ。だが、後方にいる下位忍犬に乗る奴隷たちはまずい。

(――振り落とされる――⁉)

〈手刀〉で打ち消したいが、二十人近くの緑魔道士が一斉に放つ〈緑風陣《ウィンド・フィールド》〉と〈手刀〉の衝撃波がぶつかり合えば、むしろ被害が拡大しかねない。

理想をいえば、相手の魔法の威力を正確に見極め、完璧な精度で威力を調節して、完全に相殺したい。

――だが魔道士でなく、魔力すら持たない俺に、発動前の魔法の威力を正確に見抜くことなどできない。威力の調節だって、そこまで精密に行うのは不可能だ。

（――ダメだ――）

時間にして数瞬だったろう。

どうすることもできなかった俺は、イヌガミが召喚した下位忍犬と奴隷たちを信じることにした。

下位忍犬は〈緑風陣《ウィンド・フィールド》〉による突風を、背を低くして駆けることでなんとかやり過ごそうとした。

歯を食いしばった奴隷たちの表情に余裕は見えない。

幸い落ちた奴隷はいなかったが、続いて赤魔道士による〈小火弾《ファイヤー・ブレット》〉が五十発ほど降り注ぐ。

こちらは〈手刀〉によって粉砕することに成功したが、その間に、十人ほどの緑魔道士たちがさらに〈緑風陣《ウィンド・フィールド》〉を使用してきた。

奴隷たちを乗せて走り抜けようとした下位忍犬たちを、魔法によって作られた強烈な突風が横殴りに襲う――。

5

オゥバァ・シュトゥリエがダークエルフの里を出たきっかけは些細なことだった。

遠い祖先から隔世遺伝で受け継いだ特別すぎる力のためではなく、身体的特徴のためだ。

「素早い動きが重要な遊撃に特化した能力に、胸にお荷物の少ない体はぴったりね」と仲間の少女に揶揄《やゆ》されたのがきっかけだ。

その晩には里を抜け出していた。

そういったことを言われたのは初めてではない。しかし、その時はなぜか許せなかったのだ。

「気分で動くのは女性的、もっと言えば人間の女性的だ」と、育ての親である三百歳ほどの長老に窘《たしな》められたこともある。

神出鬼没という称号は、彼女の能力をよく表していたし、――なにより性格を表現していた。

堪《こら》え性《しょう》がなく、忍耐力がない。

だが、性格は変わらなかった。自分では変わらなくてよかったと思っている。

逃げ癖がついているおかげで、たった一人で広い世界を旅しているのに、奴隷となることもなく、五体満足で生き抜くことができた。

もしなにかに執着したり、守ろうとしたりしたら、たとえ〈上位職〉である彼女といえど、裏をかかれる可能性は十分ある。例えば、竜《ドラゴン》が子供を人質に取られて、〈天雷〉によって倒されたように。

そしてこれまでの彼女の生き方が正しかったと証明するかのように、〈最上位職〉である黒髪の少年が目の前で苦境に立たされていた。

オゥバァは自問した。

(彼が守ろうとしている奴隷たちは、いったいどれだけ生き残れるのかしら……？)

まだ一人も脱落者は出ていないが、時間の問題なのは間違いない。

頑《かたく》なに薄緑色のマントの襟元を握っていたオゥバァの右手が離れて、腰の細剣《レイピア》に伸びた。

〈緑風陣《ウィンド・フィールド》〉や〈手刀〉の衝撃波、〈天雷の塔〉の暴走の余波によって作られた小さな嵐によって、マントが大きくはためき、〈潜伏〉と同様の効果があったマントの特殊効果が切れた。

民家の屋根に姿を現したオゥバァは、口元に小さな笑みを浮かべた。

「焼きおにぎり、美味しかったわ。また食べたい」

気分屋の自分らしい動機だ。

少なくとも一宿一飯の恩義だの、義理人情だので助けるのは柄《がら》ではない。

(人間の愚かさは神話の時代から変わらない……)

それでも今、オゥバァが下り立った〈天雷の塔〉でできた架け橋には、未来を期待させるなにかがあった。

召喚獣の背に乗り、様々な種族が一団となって駆けている姿には、不思議と胸が高鳴るものがある。

「まるでかつて異世界から召喚され、秩序を破壊しようとした黒髪黒眼の邪神みたいね」

その黒髪黒眼の邪神は、奴隷制度や腐敗した王制などを批判した。当然、時の権力者に睨まれ、邪神に認定された。

特に王侯貴族が金銭をばらまいて世論を誘導したのが、相当効果的だったらしい。民衆たちは、自分たちから理不尽に取り立てられた金銭が戻ってきただけだというのに、王侯貴族に感謝した。そして指示された通り邪神を非難した。

オゥバァは、百年ほど前のその出来事を、実際に見聞きして知っていた。

フウマの風貌はどことなく、黒髪黒眼の邪神に似ていた。髪と瞳の色だけでなく、顔立ちも含めて。

「──オゥバァ！」

後ろを振り返って、今まさに発動しようとしているさらなる突風を警戒していた黒髪の少年は、

今頃になって〈天雷の塔〉に立つオゥバァに気づいたらしい。

「〈緑風陣《ウィンド・フィールド》〉！」

オゥバァが細剣《レイピア》の先端を緑に輝かせ、魔法を放つ。

それは同種の魔法と綺麗に打ち消し合う。

器用さにかけては自信があった。

続けざまに十人ほどの緑魔道士の魔法を相殺したオゥバァは、立ちくらみのような感覚を覚えた。

魔力の急激な消費で眩暈《めまい》がするなどいつ以来だろう。

少なくともダークエルフの里を出てからは、常に余裕を持って行動するようにしていた。

自分一人なら、緑魔道士の杖から放たれる十の魔法程度、回避してみせる。

だが――。

「ありがとう、オゥバァ！」

横あいを駆け抜けていく顔を輝かせた少年を見て、ため息が漏れる。

彼はオゥバァがどれほどの覚悟でこの場に飛び込んだかなど、理解していないのだろう。

むしろ、次に駆け抜けていったセーレアの瞳の方にこそ、感謝や同情心が見え隠れしていた。

もちろん、同情されるような死に様を迎えるつもりは、ない。

「二人とも、ちゃんと奴隷たちを逃がしなさいよ！」

もし失敗したら承知しないんだからっ、と背後から急速に遠ざかる気配に告げる。

かなり遅れて、中位忍犬に乗った子供たちやか弱そうな女たちが駆け抜けていく。

（殿《しんがり》を務めるなんて、らしくないわよね……）

傍観者に徹していたのには、それなりの理由がある。

人間や獣人などに比べて遥かに長生きなダークエルフたちにとって、神話は昔話程度に身近なものだ。

世界で最も有名な神話は、魔を統《す》べる最強の邪神――魔王を討伐した、至高神四柱《よはしら》の物語。

数百年も前の話で、さすがにオゥバァもまだ生まれていない。

四柱の至高神のうち、後世にまで伝わっているのは治癒神と沈黙神の二柱《ふたはしら》のみ。

五体満足で生き残ったのは、後衛だったと言われる治癒神だけだ。

沈黙神は、四柱の神々のリーダーであり、剣を司る神だったと言われている。

だが、魔王との戦いで、片目と片腕、仲間を二人も失い、魔王討滅後は黙して語らなかったという。故に、沈黙神。

魔王の呪いで傷を癒やすこともできなかった隻眼隻腕の沈黙神と対照的に、治癒神は多くを語り、後世の人々のために〈治癒神の御手教会〉を作り上げ、人々の生活の向上に尽力したとされる。

治癒神があまりにも努力したために、逆に沈黙神は悪く言われているほどだ。曰《いわ》く、厳しい魔王討滅戦の影響で非人間的で温かみのない性格になっただの、仲間を失った悲しみのあまり心が病《や》んでしまっただの。

結局、人の行いは神話の時代からなにも変わっていないのだ。助けたからといって感謝されるとは限らず、歴史は一部の特権階級によって歪められる。

すべては無駄。

そう思い込んでいたからこそ、オゥバァは〈天雷の塔〉を倒すなんて真似を仕出かす者が現れたことに驚いた。

もし百年ほど前のあの時、民衆に石をぶつけられながら去っていく黒髪黒眼の邪神の背に声をかけていたら……なにかが変わったのだろうか？

後悔と無縁の性格だと思っていたが、それでも百年も前のその出来事については、時々思い出すことがあった。

頭を振って回想をやめる。

余所事を考えていて乗り切れる状況ではない。

「我ながら馬鹿な真似をやってるわね」

細剣《レイピア》を構えながら、駆け去っていく下位忍犬に乗った奴隷たちとすれ違う。

（あと半分ほどか……）

後続は追っ手に追いつかれそうだ。

いつでも援護できるように備えておく。

こういう状況になると、嫌でも思い出す伝承がある。

オゥバァの生まれ育ったダークエルフの里には、古くからの言い伝えが数多くある。その中にはオゥバァの祖先が残したものもあった。

「『職域の絶対性』に注意しろ。万能を疑え」

持って回った言い回しを好むダークエルフらしからぬ、シンプルな格言だ。

能力も姿形も、一般的なダークエルフとは異なっていたという祖先には相応しいかもしれない。

〈最上位職〉であるフウマや〈上位職〉であるオゥバァが特別なのは、「職の位階」が上であるためだ。職の位階が一つ上がれば、絶対的ともいえる力の差が生まれる。

だが、職には位階だけでなく、職域も存在する。

『職域の絶対性』に対する認識の浅さから、オゥバァの祖先は不遇の死を遂げたという言い伝えが残されている。

オゥバァは盾役《タンク》でもない自分が殿《しんがり》を務めるのが、どれほど重荷かわからないわけではない。

祖先の死、伝承、豊富な経験などが、迫りくる危機を、肌の粟立《あわだ》つような感覚と共に教えてくれる。

逃げたい。いつものように。

けど――。

「今度は……逃げない！」

民衆に石をぶつけられて歩み去っていく黒髪黒眼の邪神の――ひどく小さく見えた背中が思い出される。

（私、やっぱ後悔してたのかな？）

後悔することからさえも逃げていた自分に苦笑が浮かぶ。

（……自分の気持ちからも逃げていたなんて、筋金入りだ……）

そんな自分が、奴隷商館と〈教会〉、それらと協力関係にある赤魔道士組合や冒険者ギルドなどから大量に派遣されてくる敵を前に、立ち塞がっているのだ。

（一応生産職に比べれば戦闘に向いてるとはいえ、敵の数が多すぎるわね……）

下位忍犬たちが頑張ってくれたおかげで、奴隷たちはオゥバァとすれ違う瞬間まで追っ手に追いつかれることはなかった。

迫りくる追っ手の大集団に、オゥバァは視線を向ける。

「ここから先は行かせないわよ！」

啖呵《たんか》を切る。

らしくない。

だが悪い気分でもない。

（ついでだ――）

どうせなら住民にも被害が出ないようにしよう。

黒髪黒眼の邪神やフウマなら、きっとそうしただろうと思って。

迫り来る〈小火弾《ファイヤー・ブレット》〉や矢などを、ぎりぎりまで引きつけるのには恐怖を感じた。なにせ前方からだけでなく、左右や死角からも数え切れないほど飛んでくるのだ。

オゥバァの魔力量は本職の魔道士に劣る。器用貧乏な妖精細剣士《フェアリーフェンサー》は、数百の攻撃を防ぎきる方法について一つしか心当たりがなかった。いや、『職域の絶対性』を一時的に超える方法を一つでも持っていること自体、普通はあり得ないことだった。

「――器用さだけなら、負けないんだからっ！」

〈緑風陣《ウィンド・フィールド》〉に指向性を持たせ、複数同時に使用し、維持することで、小さな竜巻を発生させる。

かつて一度だけ見た〈中位職〉の〈竜巻緑風陣《ワール・ウィンド》〉を、最下位の魔法だけで再現したのだ。

自分の周囲に竜巻を発生させ、〈小火弾《ファイヤー・ブレット》〉や矢などのすべてを上空に飛ばすという離れ業。このオゥバァの行動がなければ、流れ矢や魔法で、民衆に死傷者が出たはずだった。オゥバァ越しに奴隷を狙った攻撃だって百以上あった。一人も死傷者を出さなかったのは偉業といえるだろう。

だが慣れない魔法の連続使用のせいで再び立ちくらみを覚え、足から力が抜けていく。

「ほんと……我ながら馬鹿な真似を………」

視界が暗くなっていき、唐突に膝に冷たい感触がした。

いつの間にか〈天雷の塔〉に両膝をついてしまったらしい。

「やっぱ、慣れない真似なんてするもんじゃ……ないわね」

百年以上も続いた旅が、ここで終焉を迎える。

そう直感したものの、悪い気はしなかった。

歴史に残る偉業に、自分もほんの少しだけ手を貸すことができたのだ。

（せっかく〈天雷の塔〉を倒したのに、助けようとした奴隷たちが死んだら、物語としていまいちだもんね）

走馬灯のように、子守歌代わりに長老に聞かされた英雄譚を思い出す。

（そうだ……。私、英雄譚に憧れて……そっか、あはは……）

てっきり胸が小さいことが理由で里を飛び出したと思っていたが、意外な理由が深層心理に眠っていたことに気づいた。

ただの、憧れ。

（いい旅だった……）

心からそう思えた。

「けど……」

倒れ伏したオゥバァの口元に苦笑が浮かんだ。

「最期に焼きおにぎり、食べたかったな……フウマの作ったやつ」

6

〈天雷の塔〉が倒れた頃――。

最難関ダンジョン付近にある苔むした岩肌のように見えたものに、二つの亀裂が走った。

黄色い亀裂の中央には、細長い黒いものがあった。

それがぎょろりと動く。

亀裂は閉じ、また開いた。

小高い岩山が鳴動し、灌木《かんぼく》や砂礫《されき》などが滑り落ちていく。

周囲一帯の鳥たちが一斉に飛び立つ。

その下から現れたのは、斑《まだら》に苔むした大きな灰色の鱗。岩肌に見えたものは、長い年月をかけて砂埃をかぶり、苔などが生えた鱗だったのだ。

「……時が来たか……人間どもめ……」

愚かさのつけを支払わせてやる、と岩山——それに擬態していた中位竜は息巻いた。

仲間たちの屍のおかげで、〈天雷〉の攻撃範囲の限界を見極めることができ、ぎりぎりの地点に隠れることができた。

隠れていたのは、逃げるためではない。

逃げるなら、ぎりぎりではなく、もっと遠くに逃げる。

鎮魂のためではない。

鎮魂のためなら、細い双眸にギラギラとした闘争心は宿らない。

自らより遥かに強い上位竜が滅ぼされ、下位竜がなにやらとんでもない目に遭わされているらしいと知りつつも、ひたすらチャンスを窺ってきた。

人間は愚かだ、必ず隙を見せる、という信念のもとに。

「……いずれモンスターを襲うのに飽きて、自分たちで殺し合うだろうと思っていたが、予想より早かったな」

竜《ドラゴン》の寿命は長い。

長い寿命ゆえに知識に優れ、優れた知識ゆえに疎まれもした。

だが寿命こそが中位竜が武器としたものだった。

「我が子の恨み、夫の無念……晴らさせてもらおう」

最難関ダンジョン付近に潜んでいた中位竜は悠然と飛び立った。

地上に降り注ぐ土砂は、涙雨のようであった。

竜《ドラゴン》すらも拒む白い城壁を上空で迂回し、切れ目を探す。あの異様で硬質な音と大地の振動、そしてなにより忌まわしき塔が見えないことから、なにが起こったのかはだいたい想像がついた。

そして予想通りの光景が目に飛び込んできた瞬間、予想通りであったにもかかわらず思わず、感嘆の声が漏れた。

「ほう……憎き塔が倒れ、小賢《こざか》しき壁を破壊しておる」

中位竜は黒い点のようなものに迫る波のような群衆を見つけて、長い首を傾げる。

「ちくしょう！」とか「俺たちの街を壊しやがって！」とか、黒い点を罵りながら群衆が近づいているということは、黒い点——どうやらダークエルフのようだ——は、憎き塔を倒した者たちの一人であるらしい。

あれほどの偉業を成した割にはだらしない姿だが、むしろあれほどの偉業を成したからこそ倒れてしまったのかもしれない。

中位竜は高度を落とし、ダークエルフと人間どもの間に着地した。

降下したこちらを見て、迫ってきた者たちは一斉に引いていく。弓を引き絞り、杖の先端に色とりどりの魔法の光を宿したまま。

いつでも攻める準備はできているぞ、とこちらを威嚇するような目を向けてくる。

が、先陣を切る者はいない。

「さっき現れた竜《ドラゴン》か……？」

「いや。少し小さいぞ。あれだと中位竜クラスだろ」

「じゃあ上位竜の連れか……？　上位竜はいったいどこに消えたんだ？」

「さあな。……あのサイズなら倒せそうだな」

「それにかなり弱っているようだぞ」

中位竜は人間たちの警戒する視線を無視し、ダークエルフに話しかける。

「起きよ。汝《なんじ》は偉業を成した者か？」

返事がない。

爪の先で薄緑色のマント越しに背中を突っつくと、褐色の頬がぴくりと動いた。

「あれ……私……いったい……？」

「これはいかんな」

意識が混濁しているらしいダークエルフから視線をそらし、同族の気配を感じた上空を見上げる。

子供の竜《ドラゴン》が五匹見えた。ふらふらとした軌道を描いている。胴体や翼に痛々しい傷跡が残っていた。

どうやら癒しの魔法を使用してもらったようだが、〈天雷の塔〉の生贄として刻まれた傷が完全に癒えはしなかったのだろう。

「来い」

中位竜らしい咆哮のごとき命令に、竜《ドラゴン》の子供たちは降りてきた。

倒れた〈天雷の塔〉の上に並ぶ竜《ドラゴン》たちを見て、人間たちは下がったが、それは逃げ腰なのではなく、陣形を整えるための動きのようだった。

今も民家の屋根などに上って、こちらに弓や杖を向けようとしている連中が大勢いる。

（……〈天雷の塔〉に立つ我らはよい的であろう）

ふらつく竜《ドラゴン》の子供たちのうち、比較的動けそうなものを見極める。

胸の傷跡がひときわ大きいが、体力がありそうな竜《ドラゴン》の子供と、紫がかった傷跡が翼に残る竜《ドラゴン》の子供。その二匹に命じる。

「そちらの二匹は――」

中位竜は顔を二匹に順に向けた後、鼻先をダークエルフに突きつける。

「この者を連れて逃げよ」

「私……もう逃げない……」

意識がはっきりしてきたらしいダークエルフが、上体を起こして口答えした。

「逃げよ。いても無駄死にするだけだ。その様子ではな。……そして逃げ切れぬであろう残りの竜《ドラゴン》三匹は、ここで我と共に戦え。恨み辛みがあるのだろう？」

竜《ドラゴン》の子供たち三匹の双眸に怒りが宿る。

「うむ。よい殺気だ。ろくに飛べずに落ちて各個撃破されるよりも、ここで思う存分、人間どもとやり合おうぞ」

我も共に戦おう、と中位竜は宣言する。

傷跡が翼に残る竜《ドラゴン》の子供が、ダークエルフのマントを咥えて、もう片方の竜《ドラゴン》の子供の背中にそっと乗せた。

「では、行け――」

中位竜が命じ、二匹の子供の竜《ドラゴン》が飛び立とうとした瞬間、人間たちはチャンスと判断したらしく、一気に攻勢に出た。

中位竜は大きく広げた自らの翼を犠牲にして、飛び立つ竜《ドラゴン》たちとダークエルフに迫る〈小火弾《ファイヤー・ブレット》〉も矢もなにもかもを防ぎきろうとした。

「――〈手刀〉！」

中位竜すらも気づかぬうちに、広げた翼の陰に人間の男が立ち、腕を振り抜いていた。瞬間、衝撃波が放たれ、矢も魔法もすべて弾き飛ばした。それだけでなく、勢いよくスキルを使用したためか、人間たちの幾人かが大怪我を負い、血を流した。ほとんどが流れ矢によるものだったが、衝撃波によるものもあっただろう。

同族を傷つけたためか、男は顔色が悪くなった。

「ここは俺が引き受ける。お前たちは逃げろ！」

「不要」

「……え？」

きょとんとした表情をする男に、敵と向き合ったままの中位竜は視線だけを向けた。

「これは、我ら竜族と人族の戦い。確かに、憎き塔と小賢しき城壁がなくなったのを見て我はここに来たが、それは逃げるためではない」

長い尾を足元の〈天雷の塔〉に打ちつける。

「戦うためだ！　小賢しき城壁があれば人間どもと戦えぬし、憎き塔によって一方的に仕留められよう。だから時が来るのを待った。逃げるわけがなかろう」

「……そっちの竜《ドラゴン》の子供たちもか？」

質問した男に、三匹の竜《ドラゴン》の子供たちは無言のまま戦意を宿した瞳を向ける。

目を閉じて考え込んだ男は、目を開けると頷いた。

「わかった」

そして飛び立とうとする竜《ドラゴン》の子供たちに目を向け、「オゥバァを頼む。俺は心配だから仲間たちのもとに戻る」と伝え、自らはどこかにかき消えた。

「なるほど。奴が偉業を成した者か。……最期にあのような存在に出会えるとは素晴らしい幸運だ」

展開を終えた人間の武装集団が徐々に迫ってくる。種族による能力差がいくらあっても、人数を揃え、武装を整え、戦術まで駆使するのであれば、多少強くても個では勝ち目などない。

「食事もろくに取らずに生きてきたからな、あまり持ちそうにない。人間どもの方から来てくれるとは有り難い」

竜《ドラゴン》は本心から嬉しそうに呟いた。

7

左から差し込む西日に照らされた、ほとんど雑草さえもない乾いた大地に、血飛沫《ちしぶき》が舞い落ちる。

鮮血の赤は、夕日によって一層鮮やかに映った。

宗教都市ロウからは、竜《ドラゴン》の勝ち鬨《かどき》かと思えるような断末魔がかすかに聞こえてきた。

振り向けば低い空から落ちる竜《ドラゴン》が見えた。

当然の結末だった。

奴隷討伐軍二千を率いていた指揮官の男は、歴戦を思わせる深い皺を緩めた。

「これで奴隷の討伐も、あちらの竜《ドラゴン》の討伐も終わったな」

奴隷の捕獲ではなく、討伐を命じられたことに、奴隷の捕獲経験が豊富な指揮官は改めて違和感を覚えたが、慌てて頭を振って打ち消す。

好奇心は身を滅ぼす。

気分を変えるように、汗を大量にかいた愛馬の首筋を撫でてやる。

使い潰すつもりで駆けたので、帰りは途中から徒歩になるかもしれない。

〈教会〉持ちとはいえ駿馬を潰すことになったらもったいないな、と憂鬱な気分になった。

もう戦いは終わり、事後処理に頭を悩ませ始めた指揮官と同様に、部下たちの間でも弛緩した空気が流れ始めている。

足元には、奴隷と魔獣がおよそ三百ずつ、矢羽を生やして転がっている。物量に物を言わせた矢の豪雨の後では、生きている者はいまい。

念のためもう一度矢を射掛けるように号令を出そうか悩んでいると、砂塵を巻き上げるほど激しい風が吹いた。

乾いた大地から舞い上がる砂埃に目をつぶった男は、止んだあとで目を開き、固まった。

先ほどまでなかった無数の丸太が、視界を埋め尽くすほど転がっている。優に五百はあるだろう。

思わず目をぱちぱちさせ、目元をこする。

……訳がわからない。

理解不能な光景に戸惑って見回した男は、ふと気づいた。

奴隷と魔獣の死体が一つもない。

「死体は？」

「……さぁ？」

いくら副官といえど、本来上官に向かってそのような口を利けば叱責ものである。

だが指揮官は怒ることも忘れ、隠れる場所などない平坦な大地を幾度も見回した。副官の方も薄ぼんやりした顔のまま呆けたように周囲を見ていた。

身を隠せる木どころか草むらさえない。岩も窪地もなく、平らな大地が広がっているだけなのだ。

一瞬で六百もの死体が消えるなどあり得ない。

こんな怪現象、見たことも聞いたこともない。

長い間付き従ってきた部下たちも、初めて聞くような間抜けな声を上げている。

「なんだ、こりゃ？」

「おいおい、夢でも見てんのか……」

「こんなたくさんの丸太、いったいどこから……？」

魔族領との境にある不毛の大地——沈黙の大地の異名で恐れられる場所に、なんの変哲もなさそうな丸太が何百も転がる光景は、滑稽ですらあった。

ベテランの兵士たちが口々に呆然と呟き、頬をつねったりしている。

指揮官の男は、今更ながら背後を振り返り、生まれてから四十年間ずっと見えていた〈天雷の塔〉が見えないことを確認した。

神聖不可侵と信じていた塔が倒れるというあまりの衝撃に、思考が麻痺していたのだ。

重要な任務に打ち込むことで無理やり抑え込んでいた恐怖が、ぶり返してきた。

ぶるっ、と全身が震えた。

畏怖の感情が伝染するように、同じように震える者が何人もいた。

太陽が沈み、夜が迫る世界に転がる、無数の丸太。よく見れば、血の一滴もついていないし、見えていたはずの魔獣の足跡さえもない。

「なんなんだ……いったい？　俺たちはいったい、なにを相手にしてたんだよ――!?」

恐怖を忘れるために、男は声を張り上げた。

三百人もの奴隷を解放したという事実の凄まじさに気づく。

〈天雷の塔〉を倒し、三百人もの奴隷を解放した者など歴史上一人もいない。

宗教都市中心部と外を繋いだ〈天雷の塔〉は、奇跡と言えた。

その上を魔獣に乗って走るエルフ、獣人、魔族などの一団にも目を疑った。

過去に、対人類のために、他種族が一時的に連携することはあった。だがあれほどの一体感を持ったことなどあっただろうか？

「……奇跡の架け橋か」

ぽつりと、近くの誰かが口にした。

奇跡、奇跡と、悪夢にうなされるように、討伐軍の兵たちが呟く。

奇跡とは常人には決して不可能な偉業。

世界にあまねく存在から神と認められる条件は、奇跡を行うことなのだ。

——今更ながら討伐軍は、自分たちがなにを相手にしていたか悟った。

「……神……」


夜の帳《とばり》が下りた殺風景な荒れ地に背を向けて、騎乗した兵たちがとぼとぼと去っていく。

それを確認した俺は、〈潜伏〉を解いた。

さすがに〈変わり身の術〉を一度に六百も発動したので、スキル発動に必要な精神力に余裕がなくなっている。

正直、シノビノサト村のある魔の山まで追ってきたらどうしようかと思っていた。〈隠形〉で姿は隠せても、足跡は残る。事実、奴らはきちんと俺たちを追ってきた。

「いる」と看破されては、〈隠形〉の効果は発揮できない。

だったら、「いる」という認識を逆手に取ればいいかと、職務熱心な彼らに相応しい結末を見せてあげた。

忍犬に乗った奴隷たちは、念のためシノビノサト村の方に走らせている。中位忍犬以上が使用できる〈隠形〉は非常に拙《つたな》いので、普段通りの能力を発揮した討伐軍であれば、こちらを見つけることも十分できただろう。

ちなみに、黙っていることが苦手なイヌガミは〈隠形〉が不得意だ。性格と能力は関係しているのかもしれない。

砂漠ほどではないが、乾いた砂のおかげで足跡が消えていくのを見て、俺は安心した。

「成功だな」

格好をつけて前髪をかき上げた。

本当は、最難関ダンジョンをクリアした際に言おうと思って、ずっと考えていた台詞とポーズだった。

少々の気恥ずかしさと、わずかな寂しさ。

勇者たちの安否が気になり、遠くに見える城壁に視線が動きかけたが、シノビノサト村に足を向ける。

この先に大勢の仲間たちがいると思うと、踏み出す足に力が入った。

エピローグ

「秘密はほんとにあったよ。お前の言った通り、凄い秘密だった」

上位竜の鱗を埋めた墓に語りかけ、黙祷を捧げる。

次に、左に並ぶ四つの墓に目を向けた。

上位竜の墓が一番大きく、左隣にある墓はその半分くらい、さらに左に仲良く三つ並ぶのは四分の一くらいだ。竜《ドラゴン》の体の大きさを表して俺が作った墓石だった。

「やり遂げたな」

中位竜と竜《ドラゴン》の子供たちの墓に告げ、ぐっと拳を突き出す。

上位竜の遺言だった笑い声を真似ながら、俺は墓地を去った。


前方から「ふぁっふぁっふぁっ」と笑いながら歩いてくる黒髪の少年を見下ろして、オゥバァは少し目を丸くした。

笑い声を聞いたのは初めてかもしれない。

なんとも珍妙で個性的な笑い方だった。

おそらく竜《ドラゴン》たちの墓に参った帰りだろう。

オゥバァが移動してきた森の深い位置にある墓ではなく、浅い位置にある墓――最も新しい墓だ。

「なんだか、雰囲気変わったわね」

唐突な問いかけは見えづらい樹上からであったのに、少年は当然のように見上げて言い返してきた。

「そっちは相変わらずだな」

見上げる少年の瞳にからかうような色があり、オゥバァは素直に梢から下りた。

こうして目の前に立ってまじまじと見つめてみると、やはり邪神とは他人の空似ということはないと確信した。

先ほどまでいた、森の深い位置にある墓の方をちらりと見る。

「どうかしたのか?」

「べつになーにも」

視線を戻したオゥバァは、そうはぐらかす。

「そう……?」

不思議そうな顔をした少年は、オゥバァの背後――獣道が続く先に目を向けた。

「そっちには墓が一つあるだけのはずだけど……、散歩でもしてたのか？」

「ずいぶん古い墓があったわ」

「村にある最も古い墓だ。俺のヒイジッチャンの墓なんだ」

「雑草とか生えてほとんど埋もれちゃってるし、お花も供えてないし」

「それもヒイジッチャンの遺言。村外れの一番遠くに墓を作って、墓参りもしないでくれって」

「ずいぶん変わった人だったみたいね」

「相当偏屈な人だったらしいよ。いつも仏頂面をして、話しかけても生返事ばかりだったらしい――まぁ、もっともそれがシノビってものなのかもしれないけどな」

フウマは長い黒髪の前髪を少し指先で弄り、それから意を決したように話し出した。

「…………中には死んだかどうかわからず、墓を作れない相手もいるけどな」

誰を指しているかわからないほどオゥバァは鈍くはない。

「勇者パーティーなら、おそらく全員生きてるわよ」

「……ほんとに？」

喜びと疑惑が入り交じった声を上げたフウマに、オゥバァは根拠を話す。

「ステータスには幸運値《ラック》っていうのがあって、勇者パーティーは全員高かったの。しかも、勇者には、逆境に追い込まれたりピンチになったりすると自動的に幸運値が急上昇する常態《パッシブ》スキルが備わっているのよ。……効果の対象は、確か『自らの仲間』限定だったはず……」

「幸運値？　常態《パッシブ》スキル？　そんなものまで〈ステータス表示《オープン》〉でわかるのか？」

「ステータスの数値やスキルの名称くらいはね。後は知識と経験の積み重ねでわかるようになるの」

少年は首を傾げた。

「けど、俺、あいつらと一緒に行動してて、幸運に恵まれたことなんてなかったけどな……」

「『自らの仲間』ってのは、相互に仲間意識が存在すれば、ってことよ。相手がそう思ってなかったり、自分がそう思ってなかったりしたら、幸運値は上昇しないわ」

なるほど、と頷く黒髪の少年は寂しそうだった。

改めて自分が仲間と思われていなかったと理解したのだろう。

「ああいうタイプはしぶといの。逆に図太そうに見えるセーレアみたいなタイプがころっといくもんよ」

空気を変えるように茶化してみる。

「セーレアの幸運値って……」

「同情するくらい……」

肩をすくめる。

だからイヌガミにあんなに、と少年はぶつぶつ呟き出した。どうやら落ち込まずに済んだようだ。

「じゃあね。いろいろありがと。楽しかったわ」

ひらひらと手を振り、樹上に戻ってそのまま村を去ろうとしたオゥバァは、いきなり手を掴まれた。

「まさか！　もう行くつもりなのか？」

宴の準備も進んでるのに、と言い募る少年に、勇者パーティーを追放された直後の陰りは皆無だ。黒髪黒眼の邪神に感じていた孤独感もない。

満足したオゥバァは、うんうんと頷き、弟のように感じる、自分より少し背の高い少年の頭を撫でた。

黒髪に触れると、ツノを触られた魔族のように一瞬震えた。

「本当にありがとう……。私、ステータスが見えるせいで、いろいろなことを決めつけちゃうところがあったの。運命とかね。……でも、私に見えるのは所詮、運勢の良し悪しや能力による優劣だけなんだって気づけたわ」

「なぁ、明日に延ばせないか？　今夜、盛大な宴をする予定だし、オゥバァは奴隷たちを助けたから主賓の一人なんだぜ？」

首を横に振るオゥバァに、なおもなにか言おうとする少年。それより先に、オゥバァは口を開く。

「私、里帰りするの」

「え？」

「凄く……本当に凄く久しぶりの里帰り。……今なら里を飛び出しちゃったことも謝れそう」

オゥバァの決心が固いと気づいたらしい少年は、「ここで待ってて！　すぐ戻るから」と告げて村の方に駆けていった。

〈影走り〉を上手く使えばもっと速く移動できそうなのに、そこまで頭が回らないほど慌てているらしい。

シノビのくせにばたばたと走り去っていく少年の後ろ姿を見て、オゥバァは、ぷっと吹き出した。

待つことが苦手なオゥバァにしては、珍しいほど待った。太陽の位置がはっきりと変わる頃になって、やっとフウマが走って戻ってきた。

手には、大きな葉で包まれたなにかが握られている。

「なに、これ？」

「お土産、いや、お弁当かなぁ」

「なにそれ」

よくわからないが、プレゼントらしいとわかったので受け取る。

包みは温かく、いい匂いが漂ってきた。

「これって、ショーユとかいう調味料の匂いよね？」

「そう、醤油。温かいうちに食べた方がいいかも。こないだ美味しそうに食べてたから作ってきたんだ」

「ありがと……さよなら」

オゥバァは跳び上がって頭上の枝に足をかけ、さらに跳躍して、あっという間に梢に立った。

魔の山の中腹から駆け下り、麓に辿り着いてから、プレゼントが気になって開いてみた。

中から出てきたのは、不格好な三角形をした焼いた米。

「焼きおにぎり、しかもフウマの作ったやつね」

一つだけ食べようと思ったオゥバァが、焼きおにぎりを五つとも平らげるのは、それからすぐのことだった。


〈影走り〉の訓練にも使われる、呆れるほど広いシノビノサト村の広場には、奴隷たちや村民たちが集まって、俺の帰還祝いと移住者歓迎のための宴が催されていた。

広場に作られた、即席とは思えない立派な壇上から、俺はおよそ四百人の観衆を見下ろす。

後ろの方で、セーレアが魔族や獣人、エルフに囲まれて酌をされまくって困っている姿が見えた。

(セーレアって……あんなに朗《ほが》らかに笑うのか……)

内心びっくりした。

俺に対してつっけんどんだったせいもあるが、おそらくセーレアの中でなにかがひと区切りつき、いろいろと吹っ切れたのだろう。

明るく笑い合う姿からは、なにかを偽ったり演じたりしている気配は皆無だった。

(傷が癒えていない奴隷たちや竜《ドラゴン》の子供たちを治癒してあげてるもんな……)

人気が出るのも頷ける。

続いて、心配な一人と一匹を自然と目が探す。

リノに対する心配とイヌガミに対する心配はだいぶ違う。リノは迷惑をかけられていないか心配で、イヌガミは迷惑をかけていないか心配なのだ。

（いた）

リノは人混みに呑まれないように、イヌガミに乗っている。といっても小型犬に子供が乗っているだけなので、むしろ低くなっている。

（膝立ちの姿勢でいるのって余計大変じゃないのかな？）

イヌガミが俺の指示もなく、他人を乗せたのは意外だった。イヌガミに乗れるのは、今のところ俺とリノくらいのもんだ。

やがてリノも自分で立った方がいいと気づいたらしく、イヌガミから降りた。

犬との和気あいあいとした様子には、冒険者に襲われていた孤独で寂しげな少女の面影はない。

二匹の竜《ドラゴン》の子供たちも、一番後ろで仲良く並んでいる。

壇上にヒメサマーとオージ・デンカが登ってきた。

ヒメサマーとオージ・デンカが二十三使徒に加わることができた喜びを語り、それから奴隷たちの代表者が二十五人に増えたことで「二十五使徒」に改名されたと発表している。

その発表は盛大な拍手によって迎えられた。

発表を終えたヒメサマーとオージ・デンカに、俺はお祝いの言葉を述べる。

「おめでとう」

俺の言葉に、ヒメサマーは白い艶《つや》やかな毛に覆われた顔をほころばせた。

「ありがとうございます、解放神フウマ様」

品のいい猫のような微笑みと共に告げられた、いまだにこそばゆい名称に苦笑しそうになる。

「シノビノサト村の皆様に御迷惑を掛けぬよう、妾も精一杯頑張ってまとめ上げていくことを誓いますっ！」

「そんなに気を張らなくていいよ。同じ『二十五使徒』に加わることになったオージ・デンカと協力していけばいい」

「はい！」

元気よく返事するヒメサマーに温かな視線を送っているのは獣人族だけでなく、シノビノサト村の住民や他種族も同じだ。

ヒメサマーには、俺と戦った獣人の男を中心に付き従っている獣人が大勢いたし、オージ・デンカにも常に取り巻きがいる。二人ともリーダーにうってつけの人材だろう。

壇上に並ぶのは俺とヒメサマー、オージ・デンカのみ。

眼下には、料理を載せた木製の丸テーブルを囲む大勢の者たち。村民約百人と奴隷たち約三百人が一堂に会したのは初めてだったが、思いのほか騒ぎは少ない。むしろ忍犬イヌガミが壇の下から

「若様ー！　若様ー！」と声援を送りながら、片方の前足と尻尾を左右に振ってくるのが鬱陶しい。

聞こえていないわけではなく、公式の場で愛犬と戯《たわむ》れるわけにはいかないから返事をしないだけなのだが、イヌガミは自分に気づかそうとぴょんぴょんと飛び跳ねたりしている。

（……魔境、か……）

いつだったか、獣人の男にそう言われたのを思い出した。

テーブルの上には、米の備蓄を心許《こころもと》なく思った俺の提案で、キメラの肉が並んでいる。中には姿焼きみたいになっているものもいた。白目を剥いたライオンの顔が食卓に並び、その前で談笑している、外の世界では見かけない着物姿の老人や老女を見たら、魔境と思う者もいるだろう。

奴隷たちのリーダーである女エルフが壇に戻ってきて、挨拶をまとめた。

「最後に、解放神様とお二人にもう一度盛大な拍手を！　エルフと獣人の代表を加えたことにより、より一層種族間で協力しやすい体制が出来上がったことにも盛大な拍手を！」

わぁっ、と奴隷たちを中心に拍手と歓声が巻き起こり、その勢いのまま乾杯の音頭に繋がった。

俺も手渡されていた盃《さかずき》を軽く持ち上げる。

壇を降りた俺は、懐かしい顔ぶれに向かって歩き出す。アイリーンやジッチャンの方に歩く自分の足が、イヌガミみたいに跳ねていないか、ちょっとだけ心配になった。

スキルはコピーして上書き最強でいいですか
改造初級魔法で便利に異世界ライフ
深田くれと
Fukada Kureto
Webで話題!
無能力の転移者がゼロから人生大逆転!!
敵のスキルをコピーして、強化して、上書きして……
自在に魔法を操ろう!
異世界に飛ばされたものの、何の能力も得られなかった青年サナト。街で清掃係として働くかたわら、雑魚モンスターを狩る日々が続いていた。しかしある日、突然仕事を首になり、生きる糧を失ってしまう——。そこで、サナトの人生を変える大事件が発生する!途方に暮れて挑んだダンジョンにて、ダンジョンを支配するドラゴンと遭遇し、自らを破壊するよう頼まれたのだ。その願いを聞きつつも、ダンジョンの後継者にはならず、能力だけを受け継いだサナト。新たな力——ダンジョンコアとともに、スキルを駆使して異世界で成り上がる!
◉定価：本体1200円+税　◉ISBN 978-4-434-26131-2　◉Illustration：藍飴
ダンジョンコアが与えてくれたのは進化するスキル改造の能力——!

底辺冒険者の少年は
天才万能職人だった!?

ある冒険者パーティーで『万能職』という名の雑用係をしていた少年ロア。しかし勇者パーティーに昇格した途端、役立たずはクビだと言われ追い出されてしまう。そんな彼を大商会の主が生産職として雇い入れる。実はロアには、天性の魔法薬づくりの才能があったのだ。ある日、ロアは他国出身の冒険者たちと共に、薬の材料を探しに魔獣の森へ向かう。その近くには勇者パーティーも別の依頼で来ており、思わぬトラブルが彼らを襲う……。

◎各定価：本体1200円＋税　◎Illustration：らむ屋

クラスまるごと異世界に勇者召喚された高校生、結城晴人は、勇者に与えられる特典であるギフトや勇者の称号を持っていなかった。そのことが判明すると、晴人たちを召喚した王女は「無能がいては足手纏いになる」と、彼を追い出してしまう。街を出るなり王女が差し向けた騎士によって暗殺されかけた晴人は、気が付くとなぜか神様の前に。ギフトを与え忘れたお詫びとして、望むスキルを作れるスキルをはじめとしたチート能力を授けられたのだった——

●定価：本体1200円+税　●ISBN 978-4-434-26054-4

●Illustration：クロサワテツ

名門貴族の次男として生まれたフィガロは、魔法を使えず実家から追放されてしまう。行くあてのないフィガロを引き取ったのは、領地の外れで暮らす老人。その正体は、かつて世界を救った伝説の大魔導師だった！新しい暮らしの中で、魔素で肉体を強化したり、魔法具を用いて強力な魔法を使ったりと、秘められた力に目覚めていくフィガロ。ところが、賊に襲われていた少女を救ったことで、王国を揺るがす陰謀に巻き込まれてしまう――！

◉定価：本体1200円+税　◉ISBN 978-4-434-25893-0

◉Illustration：我美蘭

この作品に対する皆様のご意見・ご感想をお待ちしております。
おハガキ・お手紙は以下の宛先にお送りください。

【宛先】
〒150-6005 東京都渋谷区恵比寿4-20-3 恵比寿ｶﾞｰﾃﾞﾝﾌﾟﾚｲｽﾀﾜｰ 5F
（株）アルファポリス　書籍感想係

メールフォームでのご意見・ご感想は右のＱＲコードから、
あるいは以下のワードで検索をかけてください。

アルファポリス　書籍の感想　検索

ご感想はこちらから

本書はWebサイト「アルファポリス」（http://www.alphapolis.co.jp/）に投稿されたものを、
改題、改稿、加筆のうえ、書籍化したものです。

最難関《さいなんかん》ダンジョンをクリアした成功報酬《せいこうほうしゅう》は
勇者《ゆうしゃ》パーティーの裏切《うらぎ》りでした

新緑あらた（しんりょくあらた）

2019年　7月　8日初版発行

編集－宮坂剛
編集長－太田鉄平
発行者－梶本雄介
発行所－株式会社アルファポリス
〒150-6005 東京都渋谷区恵比寿4-20-3 恵比寿ｶﾞｰﾃﾞﾝﾌﾟﾚｲｽﾀﾜｰ5F
TEL 03-6277-1601（営業）　03-6277-1602（編集）
URL http://www.alphapolis.co.jp/
発売元－株式会社星雲社
〒112-0005東京都文京区水道1-3-30
TEL 03-3868-3275
装丁・本文イラスト－布施龍太
装丁デザイン－ansyyqdesign
印刷－図書印刷株式会社

価格はカバーに表示されてあります。
落丁乱丁の場合はアルファポリスまでご連絡ください。
送料は小社負担でお取り替えします。

ISBN978-4-434-26123-7 C0093